Sonya
ソーニャ文庫

龍王の寵花

鳴海澪

イースト・プレス

contents

序章

旋毛《つむじ》の両脇に綺麗に丸く結った髪の毛が乱れ、まだ幼い線を残す娘の頬に落ちかかる。その細い身体は、今にも折れそうに見えた。強く噛みしめた唇からは呻きさえ漏れなかったが、濡れた大きな瞳には明らかな怖れが走るのを隠せていない。怖がっているのか。だが娘の奥に怯まない色があるのが真龍《しんりゅう》の目を引いた。

真新しい薄桃色の襦裙《じゅくん》が風に震え、うぶ毛が光にけぶるさまが、まるで逃げ惑う白兎を思わせ、猛禽《もうきん》が獲物を追い詰めるような嗜虐《しぎゃく》心を引き起こす。真龍は娘の細い手首を衝動の命じるままに摑み取った。

触れた手首は強く握れば砕けそうに脆《もろ》く、後宮の女とはまた違う、水仕事で洗われたようなつるりとした肌触りだ。触れているところからどくどくと脈打つ血管が感じられ、少し締めつけただけで指の先が真っ白になった。

「っ……」

痛みと恐怖で唇まで白くした娘の目が「自分はどうなるのか」と真龍に訴えかけてくる。

だが、それでも強く唇を引き結んで、声を出すのを必死に堪《こら》えているようだった。

気丈な娘だ。

この国の王である真龍の怒りに触れて、ここまで気力を保っていられる人間はめったにいない。

ましてまだ十六、七の小娘だ。

微《かす》かに震える身体を必死に抑え、ただひたすらに耐えようとする娘の姿に、真龍は心を動かされる。

一体どういう娘なのだろうか。

真龍は、怯えながらも必死に自分から目を逸らすまいとする大きな目を見据える。

確か「蓮花《れんか》」と呼ばれていた。

――なるほど、「蓮《はす》の花」か。

真龍は、まだ蕾《つぼみ》のままの白い蓮の花を思わせる娘の顔に視線を走らせた。

背後で兵士に押さえ込まれた兄がうごめくのを感じたのだろう。蓮花が血の気の失せた唇を開いた。

「……兄は……どうなるのですか」

その唇に引き寄せられるように手を伸ばし、触れてみる。真龍が戯《たわむ》れになぞった唇がぶるぶると震え、燃えるように熱を持った。

好きな男のことではなく、兄を思ってこれほど熱くなるとはどういうことだ。

「兄の行く先がそれほど気になるか？」

震えながらもしっかりと頷く蓮花のひたむきな眼差しが、真龍の胸に邪《よこしま》な苛立ちを呼び覚ます。

今、自分の身が危ういというのに兄など庇《かば》って何になる。

「人のことなど心配している場合なのか。愚かなものだな。兄妹など結局他人ではないか」

「人のことではありません。兄のことです！　他人なんかじゃありません！　誰よりも大切です！」

泣き出しそうに潤んだ目が精一杯の強がりで真龍を見つめてきた。

所詮《しょせん》、ただの女だ。自分の母親と同じに決まっている。

『母』という存在に踏みにじられ続けた真龍は冷めた目で蓮花を値踏みする。

大きな目に嘘はないように見えるけれど、俺はそんなものは信じない。

口では情の深いことを言ったところで、芯のところは貪《むさぼ》る女だろう。

後宮の女を母として生まれた真龍は、幼い頃から目の前で繰り広げられるさまざまな争いを見て育った。そして学んだことはたった一つ。

権力だけが全て――。

男であれ女であれ、この城で生きるには力を持つしかない、ただそれだけだ。

権力を持たなければ踏みにじられる。その代わり権力を手にすれば何でもできる。

自らが腹を痛めて産み出した幼子を、役に立たないと罵った母。彼女が欲し、意味を見いだしたのは権力だけだった。

力を持たない人間など価値がない――それは真龍が母から学び取った唯一の真実。

「兄はおまえにとって何の価値がある？　おまえに何をくれる？」

自分の命さえ危ういのに兄を庇う少女に、真龍は冷たく問いかける。

「愛です」

何故そんなことを聞くのか、わかりきっているのに――という顔で蓮花は答えてきた。

「愛？」

ばかばかしさに腹の底が煮えたぎった。

愛などに何の価値もない。そんなものはまやかしだということは自分が一番よく知っている。そのことが何故わからないのか。

「愛で腹が膨《ふく》れるのか？　愛でおまえのその着物が買えるのか？」

安物だが新品らしい衣《ころも》を視線で嘲《あざけ》ると蓮花の頬がいっそう赤くなって、言い返してくる。

「買えません……でも、着物も食べ物もみんな、愛が形になったものなんです！　兄さんが私を愛してくれている証《あかし》なんです！」

愛の形？　一体それは何だ？

ばかばかしい戯れ言だとしか思えないが、それでも奇妙なぐらい揺るがない蓮花の様子が真龍をぐらつかせ、苛立たせた。

生意気な――俺に意見するとは、いい度胸だ。

これまで何かに強く心惹かれることも動かされることもなかった真龍だが、蓮花の、怯えていながらも気強い様子に心がかき乱された。

この娘が、欲しい。

最初は微かだった気まぐれな気持ちが、身を突き上げるような欲望に変わっていく。

「今日からおまえが、兄の代わりにこの城で、心を込めて俺に仕えろ」

真龍は蓮花に向かって威圧するように身を乗り出して、声に凄みを利かせた。

「おまえに免じて兄だけは逃がしてやろう。だが、この城には二度と足を踏み入れることは許さない。もしおまえの兄がそれを破れば、その場で殺す。そのときは、おまえもまた命はないぞ」

「わかりました。では、兄さんを放してください。言うとおりにすれば逃がしてくださるとのお約束です」

真龍にきっぱりと告げた蓮花は、痛々しいながら必死に微笑んで兄を見つめている。

その白い花のような顔に浮かぶ微笑みが、兄である男に一瞬でも向けられたことに、真龍は奇妙なほど不快を感じた。

兄など忘れてしまえ。

どうせこの城で贅沢に慣れれば、おまえも母と同じように腐っていくだろう。

俺が堕《お》としてやる。

不意に衝動が真龍を襲い、蓮花の笑みが消えるくらい強く手首を握って捕らえ、周囲に聞こえるように声を張る。

「――その男を連れて行け！　二度と城内に入れるな」

もうすでに蓮花が自分のものであるのを見せつけるため、真龍は蓮花をことさら乱暴に扱った。

こちらを窺う兄の顔が歪むのに、どこか冷たい快楽を覚えながら真龍は駄目を押す。

だが兵士たちに引きずられた兄が最後の抵抗を見せ、声を上げた。

「助けに行く！　蓮花。絶対に助けるから！」

兄が振り絞った言葉に呼応して、握った蓮花の手首が激しく脈打つのに、真龍の中で苛立ちがはっきりとした独占欲に変わる。

駄目だ――この娘は俺がもらう。

引きずられて行く兄の背中が消えるのを見送らせ、真龍は蓮花を腕の中にしっかりと収める。

「娘、俺に向かって名乗れ」

「……孔《こう》、蓮花です」

細い声が震えているが、それでもどこかに覚悟があるように凜とした響きもある。悪くない。

子どものようなのに、こちらの心に何故か忍び込んでくるような娘だ。

白い蓮花の顔を見つめたまま、真龍は兵士に向かって片手を上げた。

「後宮に迎え入れる準備をするように、女官たちに伝達しろ」

この娘を俺のものにする。

蓮花の華奢《きゃしゃ》な身体が腕の中で震えるのに、真龍は不思議な興奮を感じていた。

一・運命の暗転

一所懸命磨いた古い鏡の前に立って蓮花は新しい装いを映す。

兄の堅真《けんしん》が七夕の宵祭《よいまつ》りのために仕立ててくれた桃染めの襦裙は、蓮花の肌理《きめ》の揃った白い肌に優しく纏《まと》わり付き、もうすぐ大人になるほっそりした娘の可憐さを際立たせる。

鏡に映る小さな顔は、鼻も唇もまるで人ではない天の力がそっと摘《つま》んだように華奢な造作だったが、黒目がちの濡れた瞳だけはくっきりと大きい。

蓮花はその目を細めるようにして、鏡を覗き込み袖や裾の襞《ひだ》を丁寧に直す。それから、こめかみの位置で編み込んだつやつやとした黒髪に、注意深い手つきで時知らずで庭に咲いた小菊を飾り、花の位置を変えながら一番華やかに見えるように工夫する。

「似合うかしら？」

誰に問うでもなく、独り言のように呟き、子栗鼠《こりす》を思わせる丸い瞳で真剣に鏡を眺めた。

――ごめんな、蓮花。本当は簪《かんざし》も揃えてやりたかったんだけどなあ。

兄が自分とそっくりの目を陰らせ残念そうに言っていたのを思い出して、蓮花の胸の奥がきりりと痛む。

蓮花がこんなに真剣に着飾っているのは今夜の七夕宵祭りのためだ。

この襦裙を兄がどれほど無理をして用意してくれたか、蓮花にはよくわかっている。簪がないことなんかちっとも気にしていないのに。

「お花をつけるから、大丈夫。簪より絶対新しい服に合うと思うの」

蓮花がそう言えば、堅真は泣き笑いのような顔をして、「おまえなら何をつけても可愛いよ」と髪に優しく触れてきた。

堅真はきっと、本当は簪が欲しいのに蓮花が無理してそう言ったと思っているに違いない。だから絶対に、お花のほうが簪より可愛いって思ってもらわなくちゃ、と蓮花はこれ以上ないほど真剣に鏡を覗き込んだ。

織姫と彦星の年に一度の逢瀬が叶うこの七夕宵祭りは、町中の人々が歌や踊りをたしなみ、持ち寄った菓子を食べて楽しむ陽国《ようこく》の伝統的な風習だ。もともとは織女《おりめ》のための祝い事で、手先が器用になって、よい嫁ぎ先が見つかるようにというささやかな願掛けのようなものだったが、今では盛大な祭りになった。

少女たちはこの祭りのために新しい襦裙を仕立て、髪飾りをあつらえて、妍《けん》を競う。

この祭りで見初められ、玉の輿に乗る娘も多く、暮らしに余裕のある家ではわざわざ他国から宝石や珍しい錦《にしき》の織物を取り寄せて娘を装わせるぐらいだ。

早くに両親を亡くして兄の堅真と二人暮らしの蓮花には、祭りのために豪華な晴れ着を用意する余裕はなく、毎年、手持ちの一番可愛らしい襦裙の袖や裾に自分で刺繍をしたり、飾り紐をつけたりするのが精一杯のおめかしだった。だが、今までにそれを不満に思ったことはない。

しかしそうは言っても、やはり蓮花が着飾れないことを気にかけていたらしく、料理人の修行をしていた堅真はその代わりとでも言うように、花や動物の形をした七夕菓子を毎年大皿いっぱいに作ってくれた。この精緻な細工の美味しい巧餅《チャオピン》と呼ばれる焼き菓子は、集まりに持参すれば真っ先に売り切れてしまうほど人気がある。

その菓子作りの腕の良さを買われ、堅真は今年から城の料理人として働き始めている。そして、そのお金で今年は蓮花に新しい晴れ着を用意してくれた。

「来年はきっと簪も買えるようになるから、今年はこれだけでごめんな」

鮮やかな桃色の絹を抱きしめ、嬉しさのあまり泣いてしまった蓮花の涙を拭きながら、堅真は優しい眉を下げて謝った。

「これ以上何も要らないの。これで十分よ。ありがとう兄さん、本当に嬉しい」

蓮花が笑みを綻《ほころ》ばせてそう告げれば、堅真は少しだけ泣きそうな目をして、蓮花の旋毛に温かい手を乗せた。

「いいや、本当は簪も買ってやりたいんだ。頼りない兄でごめんな」

城の料理人として堅真の地位が上がっていけば、やがては簪も買えるようになるかもしれない。けれどそんなお金が手に入るのなら、兄自身のために使って欲しいと思わずにはいられない。

両親が病で相次いで亡くなったとき、蓮花は両親の顔も覚えていられないくらいに小さかった。両親は妹より一回り年上の堅真に、「まだ小さい蓮花を頼む、幸せにしてやって欲しい」と涙ながらに願ったらしい。

それから堅真は両親の遺言を守り、必死に働いて蓮花を育ててくれた。父であり、母であり、兄という全ての役割を担って、溢れる愛情で蓮花を守ろうとしてくれている。

蓮花にとって堅真は、失った両親を補ってなおあまりあるくらい大切な兄だ。堅真がいれば両親がいないことも、晴れ着を買えないことも、何も苦にならない。

兄が注いでくれる愛情の何分の一かでも返したくてたまらない。町外れの小さな工場での機織《はたお》りの仕事も、もう少し蓮花の腕が良くなってたくさん織れるようになれば、給金も上がるだろう。

いろいろなことを思いながら鏡の前で花をつけ終わると、蓮花は姿見に映る自分に笑ってみる。

堅真には、この晴れ着を着た姿で一番明るい笑顔を見せたい。

蓮花は、摘みたての鳳仙花《ほうせんか》を山盛りにした竹籠を膝において、少し足の傾《かし》いだ椅子に腰を下ろす。花を一輪取り上げると、指先で丁寧に揉み込んで赤い汁を搾り出し、最初に左手の小指の爪に塗った。

七夕宵祭りの装いの仕上げは、こうして花の汁で爪を赤く染めることだ。

綺麗に染めた爪で、少女たちは織姫に素敵な人に出会えるようにと祈り、将来の幸せを願う。

祭りのための新しい装いに手が届かないときも、蓮花はできるだけ鮮やかに咲いた鳳仙花を集めて爪を染めた。花の汁を上手く爪に塗ることのできなかった小さな頃は、堅真が蓮花の手を取り、菓子の細工をするときのように細やかに指先を赤く染めてくれた。

「蓮花の爪は形がいい。将来美人になる爪だよ」

まだ蓮花が小さかった頃、爪を綺麗に染めてくれながらそう言ってくれた兄の言葉を、この祭りのたびに思い出す。

一枚一枚爪を染めながら、蓮花は自分の幸せと自分を大事に守ってきてくれた兄の幸せを祈った。

今日の祭りの日も、堅真は城で忙しく働いているに違いない。城内の仕事は大変だと愚痴を零すこともあるが、仕事は順調らしく、蓮花にときどき見たこともない菓子や果物を持ってきてくれる。どうやら兄の料理の腕を気に入った身分の高い人からの賜《たまわ》り物のようで、兄の腕の良さが認められたことに、蓮花は誇らしい気持ちを抱いていた。

「兄さんのお菓子はやっぱりお城でも一番ね」

「うーん……どうかな。でも後宮には女性がたくさんいてお菓子が好きな方が多いから、重宝《ちょうほう》してくれる」

「後宮って？」

「王さまのお世話をするための女性たちがいるところだ。後宮の女性は天女のように綺麗で身分が高い人ばかりなんだよ」

堅真が少し困ったように笑ったのは、その後宮というところにいる女性たちのためのお菓子作りが大変だからなのかと思い、蓮花は兄を励ます。

「大丈夫よ。兄さんのお菓子はすごく美味しいから、きっと誰でも気に入るわ」

「頑張るよ。大変は大変だけれど、やりがいもあるしな」

城で夜まで働くことになっている堅真は、今年も蓮花のために菓子を用意してくれるらしく、祭りの前に城に寄って渡してもらう約束をしていた。

爪を染め終わったら城に行こう。

蓮花は惜しげもなく鳳仙花を使って爪を染め終わると、窓から入り込むまだ高い日差しにかざし、むらがないかを確かめた。

小さな窓から入り込む光で指の先に花びらが舞うように見える。

幼い頃、兄が染めてくれたのと同じように綺麗に染まった。その出来映えに満足の吐息を漏らした蓮花は、膝から籠を下ろして立ち上がり、もう一度鏡の前で裾襞を整えると、兄のいる城へ陽が落ちない内に向かうために部屋を出た。


瑠璃瓦《るりがわら》をいただき、細工の施された朱塗りの門の横には屈強な兵が立ち並んでいる。どこまでも続くかのような城壁の向こうにそびえたつのは、陽国を治めている王の居住する阿房城《あぼうじょう》だ。ここで日々、陽国の政《まつりごと》に関する重要な決定がなされている。

現在の陽国を治めているのは郭《かく》真龍という若き王で、在位は二年ほどになる。

先代の王が亡くなったとき、王城では激烈な跡目争いが行われ、その際、真龍が王位継承の資格を持つ他の全ての者をなぎ倒して、その地位を手に入れたという。

当時の城下では、新しい王に関する噂が寄ると触ると飛び交っていたのを、蓮花はよく覚えている。

——先王さまにはたくさんお子さまがいらしたからね。跡継ぎが決まるまで相当ごたごたしそうだなあ。

——そうそう、あたしたちが知ってるだけでも、七、八人ってとこだね。

——それがみんな、腹違いだ。

——いくら腹違いだって血の繋がった兄弟だろう？

——肉親同士、血で血を洗う争いとはね。

——勝てば王さまだ。自分以外の血は血だと思わないんだろう。情けのある方から脱落していくもんだよ。

——先王さまも、ちゃんと自分の跡継ぎのことぐらい言い置いていけばよかったものを。権力争いが続けば政情は不安定になり、国が乱れる。一刻も早く次の王が決まって平穏になって欲しいというのは陽国全ての民の願いでもあったから、愚痴が出るのも仕方がなかった。

——でもさ、結局のところ、真龍さまになるんだろうね。

——ご兄弟の中じゃ、二十五歳になったばかりで二番目に若いけど、あの方は特別だからなあ。ちょっと他の方たちは太刀打ちできないだろう。

——何と言っても、一歳になって直《す》ぐに字を読んだってくらいの頭の良さに、五歳で裸馬を乗りこなして剣も使ったって言われてるぐらいの強者だ。そりゃあ他のご兄弟じゃ相手にならないだろうよ。

——そうそう、あんまり強くて、『青銅《せいどう》の龍』って言われてるんだろう？

『青銅の龍』というのは、真龍の情け容赦ない振る舞いと、その抜きんでた勢いに対して呼ばれるようになった通称だ。実の母親さえも自分の権力の邪魔になるからと城から追い出してしまったらしく、冷徹で非道、だがとてつもなく有能な王子として国内外で名を轟《とどろ》かせていた。

この噂を聞いた蓮花は、ことの真偽を堅真に尋ねた。

両親を早くに亡くした蓮花からすれば、親が生きているというのに大切にしないなどということが信じられなく、哀しいことに思えたのだ。

だが蓮花が全部を言わない内に、堅真が真剣な顔で蓮花の口を塞いだ。

「蓮花、絶対に真龍さまのことは言うな。いいことも、悪いこともだ」

兄が蓮花にこんなふうにきつく咎《とが》めることなどこれまでに覚えがなく、口を塞がれたままの蓮花は驚きで身体を硬直させた。

「真龍さまはいずれこの陽国の王になる方だ。どんな些細な反逆も許さない、厳しい方なのは間違いない。おまえに何かあれば、俺は生きてはいけないし、俺に何かあればおまえもまた、命はないだろう。罪は九族に及ぶ」

「九族に及ぶ？」

「そうだ。王を貶《おとし》めようと罪を犯した者は、本人だけではなくその一族皆、罪を負わされるという、古来陽国に伝わる罰だ。あまりに惨《むご》いため廃《すた》れかけていたが、真龍さまは徹底してそのやり方を踏襲して行かれると思う。厳しい方で、どんな隙も情けも見せようとはなさらないらしいから」

　思わず身体を震わせた蓮花に、堅真は言い含める。

「真龍さまは俺たちにとっては雲の上のお方だ。俺たち民は、王が安らかに政に精を出し、ただ国が平穏であることを願うしかない。いいな、余計な噂は身を滅ぼす。絶対に関わるんじゃないぞ。約束してくれ」

　最後は懇願の色が滲んだ兄の言葉に、蓮花は言葉もなくただ深く何度も頷くしかなかった。

　それから二年、蓮花は堅真との約束を守ってたとえ人目がなくても真龍の噂などしたことはない。

　他を圧倒して王位に就いた真龍が群を抜く辣腕家《らつわんか》であることは間違いなかった。陽国の治世は安定し、一時期の荒れ振りが嘘のように市《いち》は栄え、人々は生き生きと暮らしを楽しむようになった。

　だがその一方で、真龍が自分に逆らった大臣を、裸同然の姿で雪の山中に追放したとか、他国の客人が無礼を働いたので、その国の飲み水になる川の源流に毒を流したとか、本当か嘘かわからないような話もあとを絶たない。

　蓮花は何を聞いても決して耳を貸さなかったが、そんな噂が立つということは、どちらにしても真龍が人を怖れさせるようなやり方で政を行っているということだ。

だから今朝、堅真に城に来るようにと言われたとき、蓮花は正直かなり怖ろしくて腰が引けた。

けれど兄の話によると城はとても広くて、裏門から入れば王のような身分の高い人に会うようなことはないらしい。それならば、用意してくれた衣装で綺麗に整えた自分の姿を兄に一番に見せたいし、兄が仕事をしている様子も見てみたいと、蓮花は城へ行くことを決めたのだ。

心臓が口から飛び出しそうな気持ちで、「厨房で働く孔堅真の妹です」と城の裏門を見張る門番に名乗り、厨房の場所を教えてもらう。前もって兄から話を聞いていたという門番は笑顔を見せてくれたばかりか、蓮花の祭りの装いをとても似合っていると褒めてくれた。

少しだけ緊張が解け、蓮花は浮き立つ気持ちで城の中に足を踏み入れる。

伸び盛りの国力を誇る陽国の城は、使用人たちが出入りする裏門でさえ、その華やぎが味わえる。

外からは中を窺えないようになっている堅牢《けんろう》で背の高い外塀の内側には、荷物を持った人々が忙しく擦れ違っても十分に余裕のある通用路や、隅々まで手入れの行き届いた庭が広がっていた。

煮炊きの湯気が上がる方向へ、人にぶつからないように歩いて行くとやがて堅真の働いている厨房に着く。大きな竈がいくつも並ぶ厨房の中に堅真の姿を見つけ、蓮花は声を上げた。

「兄さん！」

竈の前で汗を流しながら、大きな鍋をへらでかき混ぜていた堅真が、ふっと顔を上げて破顔する。

――ちょっと待て。

唇の形で言い、手のひらをこちらに向けて仕草でも示した堅真は、まるで蓮花がそこにいることを忘れたように調理に集中していた。

城内の食卓をまかなう厨房は巨大で、数え切れない人数の料理人が忙しなく動き回っていた。誰もが厳しい顔をし、ときには料理長らしき者から叱責が飛んでいる。

まるで戦場にいるみたいに緊張感のある仕事ぶりに蓮花は驚く。家の小さな台所で、蓮花と話しながら楽しげに料理をする堅真の姿しか知らなかったから、城の厨房がこんな雰囲気だとは考えもしなかった。

家では愚痴一つ零さないけれど、どんなに毎日大変だったんだろう。

自分にはどこまでも優しい兄が、蓮花が見たこともないような厳しい顔をして仕事をしている。だが、王城の厨房での仕事はきついけれどもやりがいがあるという言葉どおり、兄はきびきびと立ち働いていた。

「蓮花！」

やがて大鍋での調理が一段落ついたのか、堅真がこちらに向かって駆け寄ってきた。

「よく来てくれたね。衣装も本当に似合ってる」

堅真が蓮花の晴れ着姿に相好を崩す。

「ありがとう、兄さんに最初に見てもらおうと思ったの。ほら、この花、素敵でしょう」

髪に挿した小菊を指さすと、堅真がにっこりと笑って大きく頷く。

「ああ。とっても可愛いよ」

「よかった！　きっとそう言ってくれると思ったの」

手を叩いて喜ぶ蓮花に、堅真も満足そうな顔になる。気にしていたようだった簪のことはもう言わなかった。

「今日はうんと楽しんでおいで。ああ、約束のお菓子を……」

堅真がそう言いかけたとき、急にざわめきが広がり、剣を手にした兵士らしき男たちがどやどやと厨房に駆け込んできた。

「先ほど真龍さまの茶の用意をした者は？」

明らかに隊長らしい男が鋭く問いかける。一気に緊迫感が漲《みなぎ》り、厨房にいた全員が困惑の滲む視線を交わし合った。

一体何があったのだろう。

部外者のはずの蓮花にも切迫した空気が伝わってきて、染めた爪を頼るようにぎゅっと握った。

「誰だ！　早く答えろ」

隊長の声にははっきりした苛立ちが混じり、辺りの空気がいっそう張り詰める。

「私です」

耳元で声がして蓮花は驚く。

はっと横を振り返ると、声の主は堅真だった。唇まで色を失いながらもふらふらと前に踏み出した兄の姿に、ただならぬものを感じ、蓮花は一瞬何も考えられなくなった。

「名前は？」

「孔堅真です」

震えながらも自分の名を答える兄の声が蓮花の耳を打つ。

「もう一度聞くが、真龍さまに先ほど茶を用意したのはおまえか」

「……はい。花茶と巧餅を調えました」

堅真の緊張が蓮花にも伝わり、強く口を押さえる。心臓がどきどきしてうるさい。自分を隠すように前に立つ兄の心臓の音も聞こえる気がする。

「なるほど、間違いないようだな」

兵士たちが頷き合い、隊長がおもむろに口を開いた。

「おまえが準備した茶の毒味をした侍女が死んだ」

それを聞いたとたん、声にならないどよめきが厨房全体に波のように広がった。兵士に囲まれた堅真は目を見張り、言葉を発する代わりに激しくかぶりを振っている。

「薬師《くすし》の話では毒を盛られているとのことだ。真龍さまはたいそうお怒りで、直々に裁きを下すとのこと。覚悟しろ!」

隊長が合図のように片手を上げると、ざっと兵士たちが左右に分かれ、両腕を拘束された堅真が引きずられていく。

「――私は、何も――」

とぎれとぎれに掠れた声を上げることしかできない堅真に代わって大声を上げたのは蓮花だった。

「やめて! 兄さんを連れて行かないで! 待って、待ってください!」

いきなり響き渡った甲高い声に、さすがに兵士たちも足を止めた。それを幸いにと、蓮花は驚きと恐怖で硬直していた身体を無理矢理に動かし、兵士たちに連れて行かれようとする兄に追い縋《すが》る。

だが、近寄ったときに見えた堅真の頬には、激しい苦痛と失敗したという明らかな失望が過《よ》ぎっていた。

「妹? おまえ、この堅真という男の妹か」

「……はい」

隊長が三白眼をいっそう鋭くして、瞬《まばた》きもせずにこちらを見据えてくる。やっと返せた蓮花の声は初冬の虫の音のように小さかったが、辺りの異様な静けさのせいか辺りに響いた。

隊長が蓮花から目を離さないまま、自分の背後にいた兵士に向かって右手を上げると、拘束された体を捩《よじ》って堅真が叫ぶ。

「やめてください！　妹は関係ないんです！　今日はたまたま七夕宵祭りの菓子を受け取りにきただけなんです！」

一体何が起きているのだろうか。つい先ほどまで笑い合って過ごしていたはずだった。なのに今、堅真が兵士たちに押さえつけられているのは何故なのか。

拘束から逃れようと必死に身体を捩る堅真に隊長は冷たい一瞥《いちべつ》をくれ、淡々とした調子で冷たく言い放った。

「それは真龍さまが決めることとだ。罪は九族の断罪を以て償うのが陽国の習い。そして我々は我々の仕事をするだけだ。おい、妹も連れて行け」

従うことに慣れた「はっ」という短い返事と同時に隊長の背後の兵士が傍らにきて、蓮花の腕が強い力で摑みあげられる。

「くっ……」

痛みに叫びそうになるのを、蓮花は唇を噛んでこらえた。

「やめてください！　妹は、蓮花は、本当に関係ないんです！　私にも罪などありません、何も何もしていないのに——何故なんだ！」

腹の底から振り絞ったような堅真の声が聞こえ、突然の出来事に混乱していた蓮花はやっと兄と自分が陥った苦況の凄まじさをおぼろげに感じ始めていた。

二．後宮の牢獄へ

長い回廊を引きずり回された蓮花と堅真は、いきなり固い地面の上に投げ出された。そこは草一つないかなり広い土の庭で、四方をぐるりと高床式《たかゆか》の回廊に囲まれ、外からの視線や物音が一切遮断されている。

一体ここは城のどの辺りなのか、裏門に近いのか、それとも遥か奥まった場所なのかさえ、全く見当もつかない。

ただ周囲のひんやりした空気と、張り詰めたしんとした気配から普通の場所ではないのが窺え、蓮花は額を地面にこすりつけるようして蹲《うずくま》り、息を潜める。

程なく微かな衣擦《きぬず》れの音がして、兵士たちが一斉に深く頭を下げた。

「この者どもか」

低いけれどよく通る声が頭上から放たれ、蓮花は思わず顔を上げてしまった。

あ――。

蓮花の口を思わず開かせたのは、真正面の階《きざはし》の上にすっくりと立つ長身の男の姿だった。裾を金糸で縫い取った濃い瑠璃色の長衣《ながぎぬ》の袖を組んで、瞬きもせずにこちらを見据えてくる切れ上がった眦《まなじり》には、隠そうともしない気性の険が表れている。男の首筋の辺りで無造作に放たれた黒い髪、それに縁取られた鋭角な顔つきは、くっきりした眼窩《がんか》から高い鼻梁《びりょう》に続いて引き結ばれた大きな口元まで、一切の弛《ゆる》みを感じさせない。

大柄だがしなやかな体躯のその男は、その場から一歩も動いていない。それなのに、炯々《けいけい》と光る黒い双眸に射貫かれると、蓮花は虎に狙われた獲物のように身動きが取れなくなってしまった。

人を引き付ける力のある男だと、そう思った。一度視線を奪われたら、この人から視線を外すことができないと感じさせられる。

周囲の時間の流れさえ止まってしまうような威圧感。それが、この厳しくそして美しい男が明らかに特別だということを、初対面である蓮花にも認識させた。

つかの間、男と目が合い見つめ合うような形になる。

「国王の前で頭が高いぞ、小娘！　陛下、厨房から罪人の孔堅真を連れてまいりました」

横にいた兵士に怒鳴られたが、蓮花は硬直して微動だにできなかった。

この方が……陽国王、真龍さま。

すると、蓮花の心の内を読んだかのように真龍の鋭い目が僅かに細められ、再び問いかけがなされる。

「俺の茶に毒を入れたのは、その男と、この小娘なのか」

「違います！　真龍さま。何かの間違いです。私は何もしていません。ただお茶と菓子を用意しただけです。信じてください」

蓮花が答える前に、堅真が平伏したまま訴える。堅真が地面に頭をすりつけるのに倣《なら》って、蓮花も同じように額をこすりつけた。

――どうして？　どうしてこんなことに……。

赤く染めた爪に土が入り込み、無残になっていく。ここに来るまでの期待ではち切れそうに楽しかった時間を思い出して、蓮花の目に涙が滲む。けれど今泣いたりしたら、兄をもっと苦しめると、唇を強く噛んで涙を飲み込んだ。

「お願いです。私は美味しく召し上がっていただくことを考えて準備をしただけです。私が毒を盛るどんな理由があると言うのでしょうか」

「その理由を聞くつもりで、おまえを呼んだ」

血を吐きそうな堅真の訴えにも全く心動かされることなく、真龍の冷たい答えが返ってくる。

「ですから、私ではありません！　そんなことをする理由がないのです」

「そうか？」

僅かにだが、初めて真龍の眉が上がった。その動きだけで、全く堅真の言うことなど信じていないことを、上目で様子を窺う蓮花に見せつける。

「王の地位にある男が妬《ねた》ましい。憎い。仕事がきついのも給金が安いのも、王のせいだ」

「まさか――」

「もしくは、莫大な報酬に目が眩《くら》んで毒を入れたということもあろう。俺を亡き者にしたければ、料理人に頼むのは手っ取り早いやり方だ。理由など片手の数ぐらいは直ぐに探せる。俺の目の前で毒味をさせた侍女が悶絶しながら命を落とした。俺にとってはその事実があるだけだ」

「真龍さま！　私は――何もしていません。本当にです！」

「俺は今まで罪を犯して直ぐに認める人間に会ったことがない」

鋭角を刻んだ真龍の片頬に蓮花の背中を冷たくする嘲笑が浮かぶ。

「罪人の妄言《もうげん》をいちいち取り上げていては、俺は百度ほど死んだだろう」

情けなど欠片《かけら》もない真龍の言葉が、兄へ下される処遇の厳しさを蓮花に予感させ、考えるより先に言葉が迸《ほとばし》ってしまう。

「信じてください。兄さ――兄を、信じてください。真龍さま！」

「蓮花！　余計なことを言わなくていいんだ」

堅真が蓮花の桃色の袖を押さえて制止の声をかけるが、蓮花はそれを振り払うようにして身を乗り出し、見据えてくる真龍の鋭い目を精一杯に見返した。

「兄は王さまのもとで料理人として働けることをとても喜んでいました。真龍さまが心穏やかに政を行えるのが自分たちの幸せになるのだと、私に教えてくれたこともございます。その兄が真龍さまを傷つけようとするなど、絶対に考えられません！」

声を張ると涙が溢れそうになり、蓮花は必死に息を吸い込んで堪える。

だが、これ以上、兄を不利な状況に陥れたくないと願う蓮花の願いは、真龍の冷たい笑みにあっさりと跳ね返された。

「おまえはこの男の妹だったのか。なるほど。愚かなところがうり二つだな」

言葉どおりの冷徹な視線で蓮花を見据え、嘲りで唇を歪めている。

これが心を持たない青銅の龍……。

「おまえの兄が無実と言うなら、証拠を見せろ。証拠もなく釈放してやることなどできると思うか？　俺に慈悲を期待するのは筋が違うぞ」

真龍の低い声はそれほど張っているわけでもないのに、辺りの空気を裂くような殺気に満ちていて、蓮花の心を抉った。

「真龍さま」

固い声にぱっと横を見ると、堅真が唇を引き結び真っ直ぐに真龍に向かって顔を上げた。

それまでの闇雲な抗いが消え、声に諦めに似た凪いだ色が流れている堅真の様子は、蓮花を不安にさせる。

「天地神明《てんちしんめい》に誓って潔白です。私は自分の仕事に誇りを持っています。決して毒を入れるなどということはしておりません」

真龍の表情には何の動きも見られないままだが、堅真は同じ調子を崩さない。

「ですが、真龍さまにお見せできる証拠がないのもまた事実です。ですから私は——処罰されてもかまいません」

「兄さん！」

急に信じられないことを言い出した兄を止めようと、蓮花は反射的に堅真の袖に縋りついた。だが、そのまま堅真に片腕で抱きかかえられてしまう。

「ですが、妹は全く何の関係もありません。今日はたまたま七夕の菓子をやるからと、私がここへ呼んでしまっただけなのです。城に来たのも初めてなら厨房を見たのも初めてで、私の仕事には何も関わりはございません」

蓮花をしっかりと抱きしめる堅真の腕に力がこもる。真龍は聞いているのかいないのかわからない、無表情のまま二人を見下ろしていた。

「妹が城に入ったのは、私が真龍さまのお茶をご用意したお時間のずっとあとです。それは裏門の門番が証言してくれるはずです」

堅真が、蓮花を抱きしめたまま深々と頭を下げると、ふっと嘲弄《ちょうろう》するような吐息が漏れた。

「罪九族に及ぶ――知らないのか、堅真。陽国の慣わしだぞ」

蓮花を抱いている堅真の手に震えが走り、蓮花の身体の熱もすうっと引いていった。

『罪九族に及ぶ』その言葉は兄に言い聞かされた忠告と一緒に、蓮花の身体の中に染みこんでいる。

――王を貶めようと罪を犯した者は、本人だけではなくその一族皆罪を償わされる。

「真龍さま！　妹はまだ何も知らないのです。まだ恋もしたことがない、ただの子どもです。どうぞ見逃してやってください」

「それがどうした」

意志の強い唇が非情な言葉を吐き捨てる。

「妹も愚かなら、おまえも本当にもの知らずのようだな。九族殺し、というのは何も王の気まぐれな遊びではないのだぞ、堅真」

真龍の声に嘲りの色が強くなる。

「身内が処刑されたという恨みが膨れ上がれば、次の敵が育つ。この策は、それを根絶やしにし、種さえ淩うためのものだ。子どもだ、女だと甘くみると、それが牙城《がじょう》を崩す一穴になる。おまえの妹が子どもであろうが、まだ恋をしたことがなかろうが、関係ない。むしろ妹を恋しいと思う男がいないほうが、俺に復讐しようと考える愚か者が減って好都合なくらいだ」

堅真が強張った表情で喘ぐように呼吸を繰り返している。自分が罪を認めれば、あるいは蓮花を助けられると思ったのだろうが、真龍はそのような甘い男ではなかった。

兄さん……。

兄は命を投げ出しても、蓮花だけは助けようとしてくれている。

自分だって怖くないはずはないのに、蓮花を守ろうと必死に耐えている。

いつも蓮花が幸せならそれでいいって言うけれど、兄さんが幸せじゃないなら、私だって幸せじゃないのに。

もう自分だって大人なのだから、こんなふうに守られてばかりなのはいや。

自分だって兄さんを助けられるとわかって欲しい――。

そう強く思った蓮花は、一度兄の胸に頬を寄せたあと顔を上げて真龍を見返す。

蓮花の濡れた大きな瞳が臆することなく自分に向けられるのが、真龍は意外だったのか微かに眉を上げる。

「真龍さま、兄はどんな罰を受けるのでしょうか？」

「王に害をなす者は死罪。それ以外の選択はない」

先ほど『たとえ女であろうと関係ない』と言い切った真龍は、迷うことなく惨い答えをくれた。

予測していた言葉に、蓮花は身体の奥の震えを堪えて口を開く。

「では、私も兄と同じく死ぬのですね」

「蓮花！　おまえ何を……」

堅真がまるで蓮花を隠したいというように必死に抱きしめてくるが、蓮花は真龍の瞳から目を離さずに続ける。

「私も兄と一緒に逝《い》くんですね」

念を押す蓮花の言葉に、真龍の目が不快を感じたように細められるが、蓮花の心には怯えよりも怒りがあった。

たった一人の兄を無実の罪で簡単に殺す王など、蓮花にとってはもう崇《あが》めることも尊敬することもない。王とは名ばかりの、人の心などわからない、わかろうともしない、ただの人殺しだ。

兄のように自分を大切に思う民を全部失って、滅んでしまえばいいとすら思い、蓮花は視線に力を込めて真龍を睨みつける。

「そうだ。王の命を狙った兄の罪はおまえの罪でもある。不服か」

真龍の声に先ほどまでとは違って苛立ちが滲み始めていたが、蓮花は間髪を容《い》れずに返した。

「いいえ、嬉しいです」

その場に相応しくない言葉と、蓮花自身が心からそう思っているような明るい声に、一瞬その場の時が止まる。

取り囲んでいた兵士たちが呆《ほう》けたような顔になり、今まで表情を動かさなかった真龍は濃い眉をぐっと寄せて信じられないといった苦い顔になる。蓮花を抱きしめていた堅真の腕からは、ふっと力が抜けた。

ただ一人、蓮花だけは揺らぐことなく真っ直ぐな視線で真龍を見つめ続ける。

「──嬉しい、と」

誰もが意表を突かれている中、初めに言葉を発したのは真龍だった。低い声に自分の言葉を繰り返されても、蓮花は怖れることなく深く頷く。

「私の家族は兄だけです。父も母ももういません。兄が私の父であり、母であり、兄であり、全てなのです」

興奮で頬に真っ赤にしながら、蓮花はきっぱりと言い切った。自分を守ろうとする兄の腕の熱さを感じながら蓮花は王に立ち向かう。

「兄が幸せなら私も幸せでした。ですが、兄がいなければ私の幸せはありません。兄がいなくなれば私は、生きていても仕方がないのです。どうぞ、私も一緒に逝かせてくださ い」

「……おまえは生きていたくないのか」

その本心を見たいとでも言うように、真龍が鋭く目を細めて蓮花の瞳を覗き込む。

「いいえ、死にたいわけではありません」

大きな目と声に隠しようもない怒りを込めて、蓮花は答えを叩きつける。もう何を言っても兄と自分の運命は決まっているのだ。ならば、助かることは叶わなくともせめて青銅の龍に自分の怒りを思い知らせてやりたかった。

「でも、兄がいなければ生きていたくありません」

楽しかった時間は理不尽に終わりを告げられ、何もかもが一瞬にして暗転した。だが、その衝撃と絶望を押しのけて、激しい思いが蓮花を突き動かす。

「だって、兄さんがいなければ生きていても仕方がありません！　兄さんは私の命です！　一緒に幸せになるはずだったんですから！」

「蓮花！」

感情が高ぶり、王の面前であることもかまわずに叫ぶ蓮花に、こらえていた堅真の涙が迸った。蓮花をしっかり抱え、濡れた頬を合わせ「ごめんな、ごめんな」と繰り返す。

「肉親同士の芝居がかった愁嘆場《しゅうたんば》など俺に見せるな！　泣けば済むのか？　泣いてことが済むなら易《やす》いものだな！」

冷えた怒気を含んだ声を上げて真龍が右手を大きく払う仕草をすると、同時に周囲の兵士たちがあっという間に蓮花と堅真の腕を摑んで二人を引き離した。

「兄さん！」

「蓮花！」

　これが最後になるのだろうか。

　階の上から流れてくる凄まじい怒りに、蓮花はこのまま処刑されるのを覚悟する。

　もう一度だけ、兄の顔を見たい。兄に触れたい。

　その気持ちだけで蓮花は堅真に手を伸ばす。

「兄さん、またね、またね」

「蓮花、蓮花」

　応える堅真の口は真龍の苛立たしげな合図によって兵士の手で塞がれる。

「死んだら土の中だ。おまえの兄は謀反の罪により処刑後は野ざらしで獣に腸まで食いちぎられる。どこで会うと言うのだ」

　嘲る真龍に蓮花は頬を濡らしたまま、哀しみと怒りをぶつける。

「兄さんは何もしていません。無実です。だから魂は救われるはず。私も同じです。だって何の罪もないのに処罰されるんですから」

　蓮花は声を励まして、青銅の龍の心臓に届けと叫んだ。

「この世ではもう無理でも、真龍さまに邪魔されないどこか違うところで、私と兄さんは幸せになれます！」

　辺りがしんと静まり返る。

　呪詛を吐く罪人はいただろう。最後まで無実を訴える者も多かっただろう。

　けれど、「幸せになる」と言ったのはおそらく、蓮花が初めてだったのだろう。

　蓮花のその様子に気圧されてか、誰もが言葉をなくし、蓮花と堅真を押さえ込んでいた兵士の手から力が抜ける。

　この兄妹は無実かもしれない――そこにいた者たちがそう思い始めるほどに蓮花の言葉は力を持って響いた。だが、真龍は目を眇《すが》めて苛立たしげに言葉を発した。

「娘」

　怒りをぎりぎりまで内包したような真龍の低い声が蓮花を呼ぶ。

「肉親を何故そこまで思える。血の繋がりなど厭《いと》わしいもの。他人より始末が悪いものだぞ。現におまえは兄の罪を共に背負わされようとしているのをわかっているのか」

　眦の上がった双眸が、鋭い光を放って見据えてきた。

　否定することは許さないと言わんばかりの殺気のある視線は、肉親を厭わしいと言い切る、冷徹で孤独な支配者のものだ。そこに真龍の芯まで冷え切った心を感じて、怖れとは別の感情で蓮花は身体中の血が凍る。

　どう生きてきたらこんなふうになるのだろうか。

蓮花は自分の置かれている立場をふっと忘れて、青銅の龍と言われる孤独な王を哀れに思った。

こんな大きな城に暮らして家来をたくさん従えていても、兵士に守られていても気の休まるときなどなく、兄が心を込めて作った食事を美味しいと思うより先に、毒が入っていないかと怖れ疑う。

この人はいつもこうなのだろうか。それなら、自分のほうがよほど幸せだ。処罰されようとする今、蓮花は何故かそう思える気がした。

「兄は私のたった一人の家族です。何があってもこの血の繋がりは消えない、かけがえのないものです。兄がこれまで私のために何でもしてくれたように、私も兄のためなら何でもできます」

「ほう、だからおまえも死を選ぶと」

真龍の眼差しの殺気がいっそう強くなる。

「はい。私の思いは変わりません」

きっぱりと答えた蓮花を見つめる真龍の瞳に、何かを企むような奇妙な色が浮かんだような気がした。しばし沈黙が流れたのち、再び真龍が口を開く。

「……娘、おまえ、兄を助けたいか」

「え……？」

いきなり行く先の変わった問いかけに、蓮花は直ぐに応えられず、ただ真龍を見返す。

「助けたいかと聞いている」

先ほどの凍ったような色は消え、その代わりに今は底意地の悪さが滲んでいる。その不穏な雰囲気は、蓮花を再び怯えさせた。

「……助けていただけるのでしょうか？」

「俺の質問に疑問で返してくるとはいい度胸だな。その無謀な勇気に免じて一度だけその機会を与えてやってもいいぞ。どうする」

兵士に口元を覆われて話すことを封じられている堅真が、蓮花に目で「何も聞くな」と訴えてくるのが見える。だが、蓮花はあえて気づかない振りをして考えを巡らせた。

この先どう転んでも処刑されることが決まっているのなら、この一縷《いちる》の望みにかけてもいいはず。兄を助けられるならば、それが真龍の気まぐれで差し出された毒でもかまわなかった。返しきれない愛情を注いでくれた兄を助けられるならば、どんなことを言われようが耐えられる。

「助けたいです。兄を助けるためならば何だってします！」

「兄の代わりにおまえが死ぬことになってもか」

「かまいません」

兵士に押さえられた身体を堅真が無理矢理に動かして、蓮花の決断を翻そうとするが、蓮花は真龍に誓いを立てるように、同じことを繰り返した。

「私はどうなってもかまいません。兄を助けてください」

その言葉に初めて真龍が笑みを見せた。

見る者の肝を冷たくする、底の見えない暗い笑み。

人の気持ちを凍らせる笑いを初めて見た蓮花は、自分の答えが間違っていたかもしれないという恐怖に今更囚われるが、もう取り返しがつかない。

真龍が自分の後ろにいた護衛を手で呼びつけ、蓮花を指で示す。

「娘をここまで連れて来い」

——え？

言われたことの意味を理解する前に、蓮花は小走りで近寄ってきた兵士に素早く身体を掬われ、階の上の真龍の足下に連れて行かれた。

俯いた蓮花に向かって真龍が手を伸ばしてくる。

「あっ……」

何か罰を受けるのだろう、そう思って蓮花は小さく悲鳴を上げたが、真龍が蓮花をひたと見据えて問いかけてきた。

「兄の行く先がそれほど気になるか？」

怯えながらも頷くと、また真龍の目の光が異常に強くなる。

「人のことなど心配している場合なのか。愚かなものだな。兄妹など結局他人ではないか」

「人のことではありません。兄のことです！　他人なんかじゃありません！　誰よりも大切です！」

「兄はおまえにとって何の価値がある？　おまえに何をくれる？」

「愛です」

こんなときに奇妙な問いかけだとは思うが、王というのは気まぐれで理解できないものなのだろう。

けれど質問の答えなど蓮花には簡単だった。

その答えの何が気に入らなかったのかはわからないが、真龍の顔色が変わったのだけはわかった。

「今日からおまえが、兄の代わりにこの城で、心を込めて俺に仕えろ」

蓮花の手首を握り潰しそうに摑んだ真龍が冷えた目をした。

「おまえの命は今日から俺の手にある」

真龍が屈み込んで蓮花の顎を下から掬い取ってくる。そのまま上向かされ視線を合わされると、唇を親指でゆっくりとなぞられた。張り詰めた空気が生まれ、蓮花は自分の心臓の鼓動が速まるのがわかった。

「……兄は……どうなるのですか」

真龍に触れられた唇が怖れと緊張で火がついたように熱くなるが、蓮花はたった一つ心にかかることを尋ねずにはいられない。

「おまえに免じて兄だけは逃がしてやろう。だが、この城には二度と足を踏み入れることは許さない。もしおまえの兄がそれを破れば、その場で殺す。そのときは、おまえもまた命はないぞ」

そう言い終えた真龍は、突然に蓮花の髪に手を伸ばし、挿してあった白菊を抜き取った。朝には真っ白で傷一つなかった花びらはしおれ、蓮花の心を表しているかのようにくしゃくしゃになって縮んでいる。その草臥《くたび》れきった白菊を、真龍は堅真に向かって投げつけた。

「持っていけ、妹の形見だと思え」

両脇を兵士に固められ話すことを禁じられた堅真の頬に、今朝の幸せの残骸《ざんがい》がぶつかって滑り落ちる。

「これから先、おまえの妹には王である俺のためにこの城の後宮で一生を捧げてもらう。未来永劫会うことは許さない。おまえはこの世で生きて、離れ離れのまま、会えぬ妹の幸せを祈ってやれ」

蓮花を見つめる兄の顔がくしゃりと歪んだ。その顔を見た蓮花の心に、一瞬、兄と離れ難く思う気持ちが湧き上がる。だが、自分が真龍のもとへ行きさえすれば兄は助かるのだ。

生きていればいい。兄さんが生きてさえいればばいい。

「わかりました。では、兄さんを放してください。言うとおりにすれば逃がしてくださるとのお約束です」

「ああ、もちろんだ。——その男を連れて行け！　二度と城内に入れさせるな。破ったときは、妹もろとも死を以て償え！」

命令一喝、兵士たちに引きずられていく堅真が必死に顔をのけぞらせて、声を上げた。

「助けに行く！　蓮花。絶対に助けるから！」

次第に兄の叫び声が遠ざかっていく。

辺りが再び静寂に包まれたかと思うと、腕を伸ばした真龍がぐいっと蓮花の細い手首を摑み取り、身体ごと引き上げて向かい合わせに腕の中に抱え込んだ。

「……真龍さま」

真龍に握られた手首が、熱く、痛んだ。

初めて兄以外の男に触れられた蓮花の身体は緊張で強張り、衣服を通しても伝わってくる真龍の熱の高さと力強い鼓動に気圧《けお》されてしまう。

「娘、俺に向かって名乗れ」

堅真が何度も蓮花の名を呼んだことなど聞いていなかったとばかりの口調で、間近から命令された。

「……孔、蓮花です」

「まだ子どもだが、あと少し経てばその名前に相応しく蓮の花のようにならないでもない──か。せいぜい俺を楽しませろよ。蓮花」

冷たい嘲りの色を顔に浮かべ、蓮花と視線を外さないまま真龍が兵士に向かって片手を上げる。

「後宮に迎え入れる準備をするように、女官たちに伝達しろ」

短い了解の返事と共に兵士がこの場から出て行った。

後宮は王の世話をするための女の人がたくさんいる場所だと聞いている。だが、ずっと町で暮らしてきた蓮花には、そこがどんな場所なのかは具体的に想像がつかなかった。

──一体自分はどうなってしまうのだろう。

これから何が起こるのかわからない。わからないことがとても怖い。

蓮花は足元から震えるのを抑えることができなかった。

三．青銅の龍の刻印

後宮は城の奥深くに存在しており、深い壕《ほり》と高い石造りの外壁に囲まれて、外界からは遮断されている。

真龍から言い渡された女官に連れて来られた後宮の一室には、蓮花の見たこともないような豪奢な調度品が置かれていた。後宮というのがこれほど豪華な場所だとは想像もしていなかった蓮花は、あてがわれた部屋で所在なくうろうろとしてしまう。

窓からは広々とした内庭が見渡せ、一瞬ここが外からは隔絶されているのを忘れるほどの開放感を醸《かも》し出していた。

室内には小鳥の彫り物をした紫檀《したん》の箪笥《たんす》の横には、揃いの鏡台がある。家のものとは比べものにならない傷一つない鏡を備えた鏡台の脇には、漆塗《うるしぬ》りの朱色の浴槽が置かれてあり、透かし彫りの衝立《ついたて》で仕切られていた。

鏡台の前に立つと、汚れた自分の姿が余すところなく映し出される。兄が初めて買ってくれた桃色の晴れ着は土埃にまみれ、払ってももう汚れを落とすことができない。蓮花は泣きそうになるのを堪え、皺だらけになった裾の襞を直し、腰の飾り紐を結び直す。

あれほど丁寧に左右のこめかみの上に編み込んだ髪も、嵐に巻き込まれたように崩れ、元の形は見る影もない。

斑《まだら》になってしまった赤い爪で蓮花は髪を解《ほど》き、そのまま手指を使って絡まりを梳《す》いた。目の前にある銀細工の櫛《くし》はあまりに高価そうで、使うことが怖ろしく手を触れることすらためらう。

この部屋にあるものは自由に使っていいと、蓮花をここに連れてきた女官が言い置いていったが、何もかもが身にそぐわないものばかりで、気軽に手を出せそうにもなかった。几帳《きちょう》の後ろには紗《しゃ》の天蓋が下りた大きな寝台がある。今夜からあれが蓮花の寝床になるのだろうが、何故あれほど広いのだろう。

脇から覗き込んで、蓮花は首を傾げてしまう。

これでは大人の男が二人でも眠れる。使われている掛け布も繊細な刺繍が施されたもので、後宮というのは贅沢なところだと思わずにはいられない。

けれど堅真は「後宮の女性は天女のように綺麗で身分が高い」と言っていた。

王の世話をする女性は身分が高い人でなければならないのだろうか。こんな贅沢な調度品を怖れげもなく使うような人たちなのだろうか。

とすると、自分はどう考えてもここに居ていいはずはない。

天女のように綺麗でもなければ、高貴な身分でもない平民だ。

それとも場違いさに気がついて、蓮花が怯えておののくことも真龍の計算尽くなのか。

そうならば、もっとしっかりしなければならない、こんなことに負けたくはない。蓮花は自分を必死に励まし、背筋を伸ばした。

「どうぞ、守ってください」

兄さんを、そしてできることなら私も。そう願いながら胸に手を当て呟いたとき、扉を叩く音がして蓮花は飛び上がった。

そろそろと扉に近づくと、かちりという音と共に向こう側から開いて、またびくんと身体が反応してしまう。

「蓮花さま、湯浴《ゆあ》みのご用意ができました」

先ほどここに蓮花を連れてきた女官が頭を下げる。女官の背後には湯を入れた壺を抱えた使用人たちがぞろぞろと続いていた。

「湯浴みですか？」

ぱっと自分の格好を確かめて聞き返す蓮花に、女官が表情を変えずに頷き、背後の者たちに合図をする。

湯壺を抱えた使用人たちは蓮花の脇を通って部屋の中に入り、鏡台の横に設えてあった浴槽に湯を注ぎ始めた。

「あの……」

「これから王のお相手をするのに、泥だらけでは困りますから」

蓮花の逡巡《しゅんじゅん》など意に介さず、女官はさっさと蓮花を促し衝立の向こうへと連れて行く。

浴槽にはすでに湯がなみなみと張られ、ゆらゆらと湯気が立ちのぼっていた。

「さ、お召し物を」

兄が買ってくれた襦裙に手をかけられて蓮花はぎゅっと胸もとを押さえる。

「あの、自分でできますから、一人にしてください」

だが女官は冷静な口調で蓮花を諫《いさ》めてくる。

「後宮に入った女性のお世話は全て私どもがいたします。何かあってはいけませんので」

「何かって……どういうことですか？」

「王を傷つける武器や毒薬をひそかに隠し持っていないかを確かめなくてはなりません」

「私はそんなことはしません！」

あまりのことに叫んだ蓮花にも女官は表情を動かさない。

「なら、結構です。早く用意をいたしましょう。王がいらっしゃいます」

剝ぎ取るように手早く襦裙を脱がされ、蓮花は一糸纏わぬ姿にされた。全身を赤く染めた蓮花の羞恥などかまわずに、女官は蓮花を湯船に浸《つ》からせると絹布《けんぷ》で全身を指の間まで柔らかく洗いあげ、髪の毛も香油を垂らした湯で濯《すす》ぐ。

無言のまま女官に手を貸す使用人たちの手際も鮮やかで、蓮花はあっという間に磨き立てられ、白絹《しらぎぬ》の内着《うちぎ》を着せられてしまった。

「さ、これを」

背中から着せかけられた牡丹《ぼたん》色の襦裙は、幅広の襟と袖口にはぎっしりと刺繍がしてあり、飾り帯には真珠がちりばめられている。

「細い腰ですわね、蓮花さま。もう少し帯が短いほうがよろしいかもしれません」

そう言いながら帯を大きな飾り結びにした女官は、再び蓮花の手を引き、鏡台の前に座らせる。

「肌理が細かいので、何もする必要がないくらいですが」

鏡に映る蓮花にそう話しかけながら女官が慣れた手つきで白粉を軽く叩いていき、唇に紅を薄くつけた。

目の細かい柘植《つげ》の櫛で蓮花の癖のない髪を梳き、こめかみから旋毛《つむじ》にすくいあげる。さらさらと落ちてくる髪を捌《さば》いて纏めると、女官はそこに白玉《しらたま》の櫛を挿した。

「これでよろしいです」

おそるおそる見た鏡の中に、見たこともない蓮花がいた。

今夜の七夕宵祭りに参加する女の子の誰も着ていないだろう豪華な衣装に、簪を挿して化粧を施された蓮花は、自分でも一瞬わからないほど変わっている。

「では、このまま王をお待ちください。あとで王がお使いになるかもしれませんので、湯船のお湯は新しく、熱いものに張り替えておきます」

呆然と鏡を見ている蓮花にそう言って一礼をすると、女官は来たときと同じように使用人たちを引き連れて、部屋を出て行った。

「あ……」

素早い退散に、一体いつ頃真龍が来るのかを聞くこともできなかった。

小さく吐息をついた蓮花は、自分らしくなく装わされた姿を鏡に映す。

こんな格好をさせられるのは真龍の嫌がらせなのだろうか。

相応しくない場所で、相応しくない格好をして、怯えて身の程を存分に思い知れということなのか。

鏡台の前を離れた蓮花は、衝立の向こう側にうち捨てられた桃色の晴れ着を手に取る。今日の祭りのために兄が初めて買ってくれた晴れ着だ。

その晴れ着を手にしていると、もう二度と兄には会えないのだという現実が胸に迫ってきて、蓮花は涙が溢れてきた。

泣いちゃ駄目、泣いたら兄さんが哀しむ。

ここでしっかり役目を果たして兄さんを絶対に守ると決めたのだから、頑張らなくては駄目だ。こんな自分らしくない着物や装飾品を身につけているから、おかしな頼りない気持ちになるのだ。

蓮花はぎゅっと一度唇を嚙みしめると、髪から白玉の簪を抜き、着せられた豪華な襦裙の帯を解いた。真龍がくるときはこれではなくて兄から買ってもらった着物で迎えよう。

もう怯えてなんかいられない。

兄さん、私と一緒にいてね、蓮花は堅真が買ってくれた着物に心で語りかけながら着せられた牡丹色の襦裙を脱いで、兄からのものを身につける。

身体と一緒に心までふわりと包み込まれるように温かくなり、胸の中から勇気が湧いてきた。

「兄さん、私を守ってちょうだい」

その言葉を呟いたとき、何の前触れもなく突然部屋の扉が開いた。

飛び上がるほど驚いた蓮花の背後から足音が近づく。

「何から守るんだ？　蓮花」

肩を摑まれ、いきなりねじ曲げるように真龍のほうを向かされた。

「……真龍さま」

息がかかるほど真龍の顔が近づくのに思わず顔を背けると、長い指で顎を取られる。

「王が声をかけているんだぞ。目を逸らすな。無礼者」

からかうような声色で叱責されるが、それが冗談だったとしても蓮花にはただ謝ることしかできない。

「……申し訳ありません」

覚悟はしていたが声が震える。

間近で見る真龍の眼差しは厳しく、そして底が窺えないほど深く暗かった。何か見てはいけないものを見てしまったようなその暗鬱《あんうつ》な目の色は、闇への入り口のように思える。

いつまでも見ていると、真龍の棲《す》む怖ろしい世界に誘われそうな気がして、蓮花は目を閉じてしまった。

「目を開けろ」

取られている顎が指で揺さぶられ、蓮花はがくがくと身体を震わせながら瞼を開けた。必死になって真龍を見あげるが、あまりに近く、そして瞼に力を入れすぎたせいで上手く焦点が合わず、その鋭い眼差しが二重にぶれた。

自分のこれからを左右する男の、底知れない眼差しにいっそう目が眩む。

「俺に守って欲しいのか？　蓮花」

先ほどの呟きの意味を意地悪く問われ、蓮花は顎を摑まれたまま首を横に振った。

「真龍さまにはお仕えするためにここにきました。守っていただこうなんて思っていません」

「ほう、いい覚悟だな」

唇だけを歪めて、肝が冷えるような笑いとも言えない笑いを見せられる。

「俺もおまえなど守るつもりはない。俺が守るのは俺だけだ」

「……はい。真龍さまには私を毒味役にする権利があるのはわかっています」

真龍の惨い所行を口にすることで、あえて「何も期待していない」という思いを伝えようとした。

「子どものような顔をして、言いたいことを言う娘だ。いや子どもだから怖いものを知らないのか。だからそんな格好をしているのか」

真龍の声に冷たい響きが混じり、蓮花は瞳を見開いた。

「おまえを着替えさせておくようにと女官に言いつけておいたのだが、何が気に入らなかったのか？」

「あ……」

真龍の目に浮かぶ色が怒りなのか嘲弄なのかがわからず、蓮花は言葉が探せない。ただ、兄の名を口に出せば余計な怒りを買うことだけはわかっている。

「……私は、ただ、自分に似合ったものを着ただけです。着せていただいたものはあんまり贅沢で……落ち着きませんでした」

「ほう、贅沢で落ち着かない……か、なるほど。面白いことを言う。俺から贈られたものより自分の気持ちを優先させるのか……どうせそのうちもっといいものをねだるようになるくせに、小賢しい娘だ」

そんなつもりでは、と言おうとして開きかけた蓮花の唇は、真龍の指で動きを遮られる。目を細めた真龍が戯れのように蓮花の唇を指で形取ってきたかと思うと、その唇の間にいきなり親指を差し入れてきた。

「ん――」

蓮花が驚きで呻くのを、真龍の鋭い声が遮る。

「舐めろ」

ぎょっとして目を見開く蓮花に真龍の目が怒りを表すようにきつく細められる。

「舐めろと言っている。聞こえないのか、それとも逆らいたいのか」

これが王の世話をするということなのか。

意味が摑めないまま、蓮花は口の中に含まされた真龍の指に舌を絡める。

節《ふし》の高い男の指は蓮花の小さな口には硬く、舌を動かしていると飲みきれない唾液でむせ返りそうになった。

「……ん」

苦しい息を漏らしながら、それでも蓮花は必死に舌を動かす。唇の間に挟んだ真龍の指を舐め、舌の先で硬い爪まで擦った。

何があってももう、この男に逆らうことはできない。逆らえば城の外にいる兄に何があるかわからない。

真龍がどれほど冷酷で容赦がないか、蓮花にももうわかっている。

舐めれば舐めるほど、舌のぬめりに乗じて喉の奥に指が押し込まれる。容赦なく蓮花の咥内を動き回る動きに、胸の奥からえづいてくるのを堪えていると、頭がぼんやりとして気が遠くなった。

「……っ……ん」

ふっと膝の力が抜けると同時に指が抜かれ、濡れた指で耳朶《じだ》を弄られる。

「下手くそすぎて、逆に面白いかもしれん。俺が飽きない内に上手くなれ」

皮肉に笑った真龍の唇がいきなり蓮花の唇に重ねられる。

「――んっ」

冷酷な男だと思っていたが、唇は驚くほど熱かった。

初めての口づけに強張る蓮花の唇を真龍のそれが食むように割り開き、舌が入り込んで口中を我が物顔で蹂躙《じゅうりん》していく。

上顎を掠め、歯茎を探られ、小さな歯の一粒一粒を味わうように舐《ねぶ》られた。

「ん……っ」

苦しいだけではないじんわりとした痺れが、真龍の舌が触れた場所から頭の芯に届いて、全身が熱くなる。

不思議に力が抜けていく身体に怯え、蓮花は真龍の袖を頼るように握ってしまった。

唇を離した真龍が、自分に摑まっている蓮花の手首を握って、身体を引き寄せながら嘲った。

「さあ、俺を楽しませろ。後宮の女らしく」

「……後宮の……女？」

獣に頭から飲まれそうな恐怖に晒されながら、蓮花は掠れた声で尋ねる。

後宮の女らしくと言われても、どうすればいいのか蓮花にはよくわからない。

周到に外界から隔絶された場所では、いくら豪華な調度品や装飾品に溢れた部屋を与えられても、牢獄のようにしか感じられない。そして触れたこともない豪華な衣《ころも》や簪も、蓮花を落ち着かなくさせるだけだった。

もしかしたらそれに見合う労働をしろということだろうか。

「……私は……これから何をするんですか？　どうやって真龍さまを楽しませればいいのかわかりません」

「男を知らない小娘に、どんな床技《とこわざ》も期待していない。可愛らしく啼けば許してやろう。

後宮の手練《てだ》れ女の手管には飽き飽きしている。一人ぐらい毛色の違ったのがいるのも悪くないからな」

「真龍さま……」

見開いた目に真龍の楽しげな笑みが映る。

「俺に逆らうな。おまえのすることはそれだけだ」

真龍がぐいっと蓮花の手首を引き寄せ、身体ごと抱え上げた。

「あ……？　何……」

ふわりと身体が浮き上がった驚きで、蓮花は思わず真龍の首に腕を巻き付ける。

「そうだ、可愛らしくしていろ。俺だけを頼って、俺だけの声を聞いて、俺だけを見ろ。それがおまえの役目だ」

当然だと言い切った真龍は、大股で几帳の後ろの寝台へと向かい、片手で天蓋を跳ねあげて蓮花を投げ出した。

寝台の上に崩れた蓮花が身体を起こす前に、真龍が覆い被さり身体の両脇に手をついて動きを止める。

「動くな、蓮花」

反射的に抗《あらが》った身体から動きが奪われる。

真龍の手が桃染めの襦裙の襟もとにかかった。

「あ――」

蓮花は兄が買ってくれた晴れ着を守ろうとして、ぱっと胸もとを押さえる。

「逆らうなと言ったはずだ。二度は言わん」

瞬間的な怒りで眉を吊り上げた真龍が、一気に蓮花の襦裙を引きさく。

「あ――や。破かないでください！」

絹地の裂け目から蓮花のふっくらとした乳房が覗いた。だが、零れた肌より、蓮花は兄からもらった晴れ着が破られたことに意識を奪われる。

初めての七夕宵祭りの晴れ着だ。来年も再来年ももう二度と買ってもらうことはないだろう。

兄からの最初で最後の晴れ着の贈り物だった。

「そんな汚れた安物がどうした。逆らわなければ、もっといいものを俺がいくらでもくれてやる」

鼻であしらった真龍が瞬く間に蓮花から衣を取り去り、寝台の下に投げ捨てた。

素肌を剝き出しにされた衝撃より、無残に失われた兄との最後の絆に蓮花は錯乱する。

「あ……、兄さんの、兄さんの……」

真龍の身体で押さえ込まれたまま蓮花は必死に床に向かって手を伸ばす。

二度と会えない兄の思い出だ。真龍にとっては安物だろうと、ただの汚れた襤褸《ぼろ》だろうと、蓮花にとってはこの世に二つとない宝物だ。

こんなことがなければ、この晴れ着を着た蓮花は今頃、堅真と七夕の菓子を食べていた頃なのに。

絶対泣くまい、これからここで精一杯生きていこうと思った気持ちがあっという間に崩れて、瞳に涙が溜まる。

「ほう、俺の相手をしながら他の男の名を呼ぶとはいい度胸だ。俺だけで頭も身体もいっぱいになるようにもっと酷くしてやったほうがいいか？」

真龍の目に冗談とは思えない鋭い光が宿る。

自分以外の存在を許さない、傲慢で孤独な支配者の冷たい瞳。

心のない龍は、相手の服従でしか、満足できない。思いやりや優しい心など求めていない。

なんという人に囚われてしまったのだろう。

蓮花の目尻から堪えきれない涙が伝って耳に入る。

「泣くなら違う声で啼け」

真龍の唇が再び蓮花の唇に重なり、舌が吸い上げられた。

いや、いや――。

だが、言葉にできない拒絶を胸の中で叫びながらも蹂躙を受け止めるしかない蓮花の幼い身体に、扱いに慣れきった真龍の手で不思議な熱が灯される。

手のひらが白い乳房を覆い、円を描く。

他人の手に揉みしだかれる乳房から、ちりちりした不思議な甘い痛みが四肢を駆け抜けた。

「……ん」

絡めた舌の間から漏れた吐息と一緒に、飲みきれない唾液が唇の端から細い糸を引く。

真龍の舌が巧みにその銀糸を舐め取る。

「ふ……」

舌が肌を這うぞくりとした感触が、触れられている乳房の先に伝わり、真龍の手のひらの中で乳首が立ち上がる。

真龍の指が、つんと顔を覗かせた淡い乳首を摘んで、指の腹でからかうように擦り始めた。

「あ……っ、真龍さま……」

ほんの小さな場所から、信じられない激しい刺激が蓮花の身体を駆け抜けた。

ぴりぴりして肌の裏側に触れられるような、味わったことのない、激しくて甘い感覚。

「……ん……」

身体の奥に溜まってくる奇妙な熱に身体を捩ると、真龍が耳朶を囓《かじ》りながら楽しげに囁く。

「なるほど、さすが生娘は他愛ない。直ぐに啼き出す。声も……ここも、もう泣いているか」

蓮花には意味が全くわからないことをうそぶいた真龍は、乳房を弄んでいた手を平らな腹から足の間へと滑らせる。

「あ――っ」

逆らってはいけないと頭ではわかっていても、初心《うぶ》な身体が拒絶をする。蓮花は両腿を固く閉じて、奥まった花に触れようとしてくる真龍の手を拒んだ。

「何度逆らえば気が済む。死にたくなければ膝を立てて、俺に全部見えるようにさっさと足を開け、蓮花。まさか奥に毒薬でも隠しているのか？」

容赦のない声が、蓮花に選択の余地がないことを教える。

真龍の鋭い視線に蓮花のためらいを嘲う色が滲む。

もう泣きたくもないし、逆らってもこの時間が長引くだけだ。

誰も助けてくれないのだけはわかる。

硬く瞼を閉じると蓮花は意のままにならない足に力を込めて、震えながら開く。

自分では信じられないぐらいに開いたと思って息を詰めると、冷たい声が落ちてきた。

「もっと開け、俺がいいと言うまでだ」

泣いちゃ駄目。絶対に。

舌の先を強く噛んで、痛みで涙をごまかしながら蓮花はまた足を開く。

誰の目にも触れたことのない内腿をひんやりした外気に晒され、肌が粟立つ。

顕わになる密やかな花を品定めするような視線の強さは、瞼を閉じていても肌を焼き、ぞわりとした感覚が背筋を這い上る。

まだ許してもらえないのだろうか。

寝台の絹を両手で握りしめて、蓮花は気を失いそうな思いで身体を開く。

すっと両方の膝頭に手が置かれて、蓮花はびくりと目を開けると、獲物を見るように鋭い目つきをした真龍とまともに視線が合った。

「まだまだ子どもの体つきだな」

膝頭の手が内腿に滑り込んで、するりと撫で始めた。

「だが肌は悪くない。いや、後宮の女の中でも相当上等だ。肌理が細かくて吸い付くようだ。男を知らないのにこの肌とは……仕込み甲斐があるな」

ひんやりと喉の奥で笑った真龍が、熱を与えるように手のひらで腿を摩《さす》り、緩やかに誰も知らない花園にたどり着く。

まだ咲いたことのない花びらに真龍の指が触れたとき、羞恥と恐怖で身体が跳ねた。

「そうびくびくするな。直ぐに喜んで啼くようになる」

また口の中だけで嗤った真龍の指が、蓮花の花びらの合わせをゆっくりと奥に辿っていく。

「あ――」

背骨を、子ネズミが走り抜けたようなくすぐったさが貫いた。

長い指がまた元に戻っては、奥に戻る。

巧みな緩急をつけた動きが、ぴったりと閉じられた硬い花びらを柔らかく変えていく。

「……ん……」

奇妙な刺激は真龍の指の動きで操られる甘い快さに変わり、蓮花の花びらに蜜を含ませ始めた。

「……ん」

合わせ目の奥に指を滑らされて、蓮花は吐息を漏らす。

「こっちが先に啼き始めたか」

ぐっと奥深く指を入れられた衝撃で蓮花はのけぞった。

「ん――ぁ」

ぬるりとした感触が真龍の指から伝わってきて、蓮花は初めて自分の身体の奥に沼があることを知る。

「あ……ぁ」

「いやだ、怖いと怯えてみせても、さすがに初めての娘は造作もないな」

奥の蜜を掬った指が蓮花の花びらを捲《めく》り、まだ小さな花芽を剝き出しにする。

「……あ、真龍さま……」

身体の奥まで暴かれる頼りなさに思わず声が漏れても、真龍は何もかまうことなく蓮花の花を思うさまに扱う。

蜜で濡れた指の腹が花芽に触れると、これまでとは全く違う刺激が蓮花の身体中を犯して壊す。

傷口に触れられたような痛みと、奇妙な快感。もっと触れて欲しいようなむず痒さ。

「ん――」

軽く円を描くように花芽を擦られて、身体の奥から温かい蜜が溢れ、背中まで濡れていく。

真龍の指が動くたびに、身体の中から蜜が零れて、自分が溶け出す気がした。

「……あ……、っ」

甘苦しさに漏れる声を抑えようと嚙んだ唇に、真龍が花を弄っていないほうの指を当てた。

「嚙むな。声を聞かせろ」

「あ――」

指で唇を開くように押し開けられて、声が大きく零れる。

「可愛く啼けよ。蓮花。おまえの最初の勤めだ。上手にできたら欲しいものをくれてやろう」

巧みな指先が蓮花の花芽を摘んで、育てる。

小さな蕾はふっくらと膨らみ、蓮花の身体中の快楽を操る凝《こご》りに変わった。

「ん、あ、あ……あぁ、……ん」

閉じることを禁止された唇から、蜜と一緒に声が溢れる。

膨れ上がった花芽が蓮花の身体の全ての根源に変わって、髪の先まで燃やす。

花芽を弄っていた真龍の指が、ぬちゃりとした水音を立てて蓮花の奥に入り込んだ。

「あ、……痛い……」

狭い花筒に真龍の指が入り込み、圧迫感が痛みに感じられる。

「直ぐによくなる、息を吐け」

従うしかない蓮花は花筒を抜き差しされる指に合わせて息を吐く。

ぬちゃぬちゃした水音を立てながら自在に動く指が身体の中から蓮花の熱を高くする。

つま先まで甘く痺れていく感覚に蓮花の開いた唇から声が溢れた。

「あ……あぁ、……や……」

身体中から何かが零れていくような、味わったことのない淫らな気持ちは、蓮花には刺激が強すぎる。

　自分がどうなるのか、怖くてたまらない。

「怖い……いや……」

　それなのに、少し笑った真龍に花筒に含まされていた指の数が増やされて、蓮花は細い身体をのけぞらせた。

「ん――ぁ……や」

　身体の中の指が花筒を開くように抉った。

「あ――や……きつい……ぁ」

　激しい快感に近い痛みに蓮花のつま先がきゅっと丸まった。

「慣れておけ、あとが楽だ」

　たとえ真龍であっても、今は側にいる人が声をかけてくれると安心する。怖くてたまらない。

「真龍さま……真龍さま……怖い……」

　伸ばした手が不意に真龍の肩に触れた。

　さっきまでそこになかったのに、まるで摑まれとでも言っているように現れた逞しい肩に蓮花はしっかりと縋った。

「達《い》くことを覚えろ、蓮花。俺を受け入れやすくなるようにな」

何を言われているのか、わからないままただこくこくと頷くと、真龍の唇が笑ったように見えた。

「そうだ、俺の言うことを素直に聞いていれば、可愛がってやる」

ぐっと花筒の奥まで指が差し込まれて抉られると同時に、ぷっくりと膨れた花芽を親指が弾く。

「あ——ぁ、あ、あぁ——や」

身体中が甘く燃えて、蓮花は真龍の肩を強く握りしめたまま身体をのけぞらせる。

髪の先までちりちりと焦げる気がした。

花筒の中と花芽の外から色の違う刺激が身体の芯でぶつかって、蓮花をとろとろと蕩かしてしまう。

強い刺激は痛みに近くて逃げたいくらいなのに、逃げられない焦《じ》れったさが蓮花を混乱させる。

「いや——いや……」

腰を浮かせて、蓮花は真龍の指に蹂躙されるまま、蜜を垂らし続けた。

「蓮花、いいと言え。そうしたら楽にしてやる」

気ままに蓮花の花びらを犯している指がそそのかすように花筒の襞を擦り抉って囁く。

「いい？」

焦点の霞む眼差しでたどたどしく尋ねると、真龍の企んだような笑みが映った。

「そうだ、言え」

逆らってはいけない、というのはもうわかっている。何よりこの焦れったく甘い苦しさから逃れたい。

意味がわからないまま、蓮花は淫らな言葉を小鳥のように繰り返した。

「いい……いい……真龍さま」

「悪くないぞ、蓮花。褒美だ。達け」

ぐっと花筒の奥まで指が入り込み、花芽が強く擦りあげられた。

「あ――ぁ、あ……あ……真龍さま、真龍さま――」

身体中が一気に燃え上がり、頭の中で火花が散る。

花筒がきゅうきゅうと収縮して真龍の指を食い締め、花芽がぴくぴくと痙攣《けいれん》を繰り返し、細い身体が糸の引きつれた操り人形のように撓《しな》った。

「あ――ぁ……んぁ……ぁ」

開いた唇から高い声が溢れ、身体の奥から蜜が零れ出して寝台の絹をしとどに濡らす。

「……ぁ……ぁん」

焦らされたあとの絶頂は長く続き、やがて火種を残したまま糸が切れたように蓮花は動きを止めた。

岸に打ち上げられた魚さながら、ぐったりと指一本動かすこともままならない。

まだ身体の中が燻って熱が引かず、今朝の自分とは違う身体になってしまったようで泣きたい心もとなさを感じる。

初めて男の指で味わわされた頂点で、虚ろになっている蓮花に真龍が深く覆い被さってきた。

「蓮花」

「……真龍さま」

掠れた声で応じると真龍が不敵に笑った。

「わかったか、おまえは俺のものだ。その身体も、心も、全て俺が自由に決める」

「……はい」

もう怖いとか辛いとか深くは何も考えられない蓮花のぐったりした身体の間に、真龍が逞《たくま》しい身体を割り込ませる。

「俺は自分のものには全て、徴《しるし》をつける」

一度快感を知り、柔らかくなった蓮花の花筒を真龍が指でまさぐる。

「……ん、ぁ」

引ききらない快楽が身体の奥からふわりと浮き上がってきて、甘い吐息が漏れた。

「それが気に入ったかどうかなどどうでもいい。ただ人には決して渡さない。それが王だ」

指で慣らされた花筒から指が抜かれ、代わりに信じられないぐらいに熱く硬い真龍の雄が容赦なく入り込んできた。

「あ――」

いくら指で慣れされたとはいえ、圧倒的に嵩《かさ》が違う。

怯えと衝撃で蓮花の腰が逃げる。

「王がおまえに徴をつけてやるのだ、受け取れ、蓮花」

ぐっと腰を押さえ込まれ、蓮花は両手で真龍の肩を摑んだ。

「そうだ。俺だけを見て、俺だけを頼れ。それがおまえの勤めだ」

言葉と同時に深く身体の中に熱い楔《くさび》が穿《うが》ち入れられる。

痛みを伴って湧きあがる、自分の身体を中から焼き尽くすような熱に耐えきれず、蓮花は意識が細くなる。

狭い花筒が焼けた熱の塊で隙間もなくみっしりと埋められ、身体の中から発火が始まった。

「あ……ぁ、……」

凄まじい圧迫感に息が吸い込めない。

ぎちぎちと肉の襞が広がり、蓮花の身体を少女から女に変えていく。

喘ぐようにに息をするたびに、穿たれた熱の楔に花筒の柔らかい襞が蜜を零しながら絡みついてく。

「ん……はぁ……」

苦しいのに、その先が待ち遠しいような不思議な痺れがじんわりと全身を犯し、甘く満たしていく。

「あ……、真龍さま……ふ……ぁ」

「蓮花、忘れるな。おまえはこれから髪一本も王のものだ」

ぴっちりと絡みついた真龍の雄が身体の中で律動を始める。

「あ――んぁ……」

もう、自分はここから逃れられない。

激しくなる真龍の動きに蓮花ははっきりと感じる。

これが後宮に囚われた女の勤めなのだ。

身体の中に埋め込まれた王の熱が花筒を抉るようにうごめき、蓮花は青銅の龍が、その言葉どおりに自分の身体を征服するのを知った。

四. 後宮の光と影

鏡台の前に座らされた蓮花の髪を、側付きの侍女になった小鈴《しょうりん》が銀細工の櫛で丁寧に梳く。

鏡に映る顔がなんだか大人びて見えるのは、身につけている真新しい薄水色の襦裙のせいだろうか。

それとも真龍に刻み込まれた徴のせいなのだろうか。

初めて真龍に抱かれたあの日、寝台の上で蓮花を我がものにした真龍はそれだけでは満足しなかった。怒濤《どとう》のように襲ってきた出来事に耐え、涙を堪えている蓮花を真龍は抱え上げて自ら朱塗りの湯船に浸かった。

熱い湯の中で柔らかくなった身体で取らされた常にはしない姿勢で、真龍の雄を再び穿ち入れられ、蓮花は喉が嗄れるほど啼き、とうとう王の腕の中で意識を失ってしまった。

気がついたときには絹の寝間着を着せられて寝台の上で寝かされていて、あれから一週間経った今でも、花園の奥に真龍の雄が穿たれている感覚が残っていて、動くのがぎこちない感じがする。

　これまでの自分とはもう違う気がして、蓮花はじっと鏡の自分を見つめた。

「蓮花さまの髪は本当に絹糸のように細くて、これで錦織ができそうなぐらいですね」

　小鈴がうっとりした声で言いながら、こめかみからすくいあげた髪を器用に編み込んだ。

「飾りはどれにしますか？」

　鮮やかな七宝《しっぽう》の盆にぎっしりと並べられたさまざまな髪飾りを一応ちらりと見たものの、蓮花は首を横に振る。

「飾りは要りません」

　え？　とふっくらとした頬を赤くして小鈴が目を丸くする。

「どうしてですか？　気に入りませんか？　綺麗なものばかりですよ。真龍さまが蓮花さまにっておっしゃってわざわざご用意してくださったんですよ。隣国から取り寄せたものもあります。皆さん、絶対羨ましがりますよ」

　小鈴が立て続けにまくしたてるのにも蓮花は心動かなかった。

　精巧な金細工も、翡翠をちりばめた簪も蓮花が欲しいものではない。蓮花が髪につけたいのは、七夕宵祭りの日、堅真に見てもらうために挿した白い小菊だ。

――持っていけ、妹の形見だと思え。

そう言って真龍が投げつけたあの花。

真龍がどれほど高価な髪飾りを与えてくれても、蓮花の心の穴は埋めることはできない。

あの小菊を形見と持ち帰らなければならなかった堅真を思い出すと、他の簪をつけること
はどこか裏切りのように思えてならなかった。

――来年はきっと簪も買えるようになるから、今年はこれだけでごめんな。

一所懸命働いてくれても簪まで手が届かなかった兄に比べ、ただ王というだけで高価な
簪を投げ与えてくる真龍が、とても傲慢に思える。

そして、用意されたたくさんの襦裙。滑らかな絹に、裾や袖口に牡丹の刺繍がぎっしり
入った見るからに高価な衣は、破れた晴れ着への当てつけのように思え、蓮花の胸を痛ま
せる。

愛情の感じられない贈り物は蓮花の孤独を募らせ、哀しくさせるだけだった。

「私には似合わないから」

そっと盆を押し返すと、小鈴が残念そうな顔をしたまま髪飾りを片付けた。

ふうと小さくため息をついた蓮花に、小鈴もため息をつきたそうな顔で振り返る。

「蓮花さま、何故昨日とお召し物が同じなのですか」

「汚れていないもの。それに内着は着替えているし、これでかまわないわ」

それだけ言って話を終わらせようとするのに小鈴は引き下がらない。

「せっかく真龍さまが、たくさんご用意してくださったのですから、毎日着替えないともったいないです。真龍さまががっかりなさいますよ」

真龍ががっかりするとは思えない。

ただ自分の力を見せつけるためだけの、捕らえた獲物への豪華な餌。

――そんな汚れた安物がどうした。逆らわなければもっといいものを俺がいくらでもくれてやる。

その言葉どおり、真龍は蓮花が埋まってしまうぐらいたくさんの手の込んだ高価な衣を、小鈴に持たせて寄越した。

裸でいるわけにはいかないから、着るものはともかく、侍女など要らない。自分は一人で何でもできる――そう真龍に訴えると、これ以上ないほど冷たい笑みが返ってきた。

「俺は誰も信じない。おまえのような小娘でも、俺に刃向かわないとは限らない。逃げ出さないとも限らない。一人にしておくと思うか？」

侍女とは体のいい建前で、小鈴は蓮花の監視役ということらしい。

蓮花とたいして年齢の変わらない小鈴だが、目端《めはし》が利いて、笑顔ながら蓮花のやることを見逃さない。昨日着ていたものまで覚えているとは、さすがに真龍が選んだ娘だ。

三つ編みを両耳の下でくるりと輪に結ぶ幼さを強調する髪型をした邪気のない丸顔に似

合わず、後宮のことも、真龍のことも蓮花よりはずっとよく知っているようだ。

どこまでも冷たく、隙のない男だと蓮花は肝が冷える。

逆らってどうなるものでもないし、城の外にいる堅真のことを思えば逆らうこともできないが、できるかぎり恩恵は受けたくない。

せめて真龍の冷たさに自分の心まで凍えたくはない。

蓮花は角が立たないように小鈴に笑顔を向ける。

「私は、高貴な生まれでもないし、お金持ちの家に育ったのでもないの。兄と二人きりで、本当に慎ましい生活で、晴れ着を買うのもやっとだったわ。だからこんな高いものは慣れていなくて……」

にこっと笑ってみせると、小鈴が困ったように頰に手を当ててふうと大きな吐息をついた。

「とりあえずは仕方がないですけど、早く慣れたほうがいいです。真龍さまの厚意を無にしたように思われると、よくないですよ。真龍さまはこの後宮の主ですから」

年は同じようでも、小鈴は蓮花より遙かにこの後宮の力関係を把握しているようだった。

「小鈴さん、聞いてもいい？」

「小鈴でいいです。蓮花さまは真龍さまに選ばれた方なんですから、侍女の私に遠慮するのは変ですよ」

逆らう根拠もなく蓮花は、気が進まないまま頷くしかない。

「じゃあ、小鈴、……この後宮ってどれぐらい人がいるの？」

「ちゃんと数えたわけじゃないですけど……三百人まではいないと思います」

「三百！　全員真龍さまの……あの……」

三百人全員、真龍の徽がついている女たちなんだろうかと正直に驚きを顔に出す蓮花に小鈴がくすくす笑う。

「使用人も全部入れて、です。蓮花さまみたいに真龍さまが特別に扱っている方はそんなにいらっしゃいませんし、これでも少ないいんですよ。大国の後宮ならば三千人は当たり前にいるらしいですし。真龍さまはあまり後宮に人を置きたがらないんです」

「どうして？」

「ここだけの話なんですけど」

さっきまで元気よく話していた小鈴の声が小さくなる。

「真龍さまは女性のことをあまり信頼していないんです。何と言ってもお母さまがああいう方でしたから」

「真龍さまのお母さま……って」

蓮花は城下で囁かれていた噂を思い出す。

――情けのない方だからねえ。この国もどうなるのやら。

――そうだよねえ。自分の母親でさえ邪魔にして捨てようかって方だもの。

――青銅の龍、っていう通り名も強いって意味と、人の心がないって意味もあるんだからね。

聞くのは怖いけれど、聞かずにはいられない。

真龍は一体何をしたのか。真龍の母というのはどんな人だったのか。

この後宮で真龍一人に仕えていくのなら、知らなくてはならない気がする。真龍がただ権力だけで蓮花を従わせようとし、それでいいと思っていても、蓮花は少しでも真龍がどういう人か知りたいと思った。

一生この美しい牢獄で生きていかなければならないなら、真龍にも心があることを信じてみたい。

兄とずっと寄り添って生きてきた蓮花は、そういう生き方しかできない。どんなに貧しくても、温かい兄との暮らしは幸せだった。

あの無慈悲な真龍とそんな関係が築けるとは思えないが、一縷の望みを託して蓮花は小鈴の答えを待った。

「先王さまの後宮には身分の高い方がたくさんいらしたんですが、真龍さまのお母さまは、ごく普通のお家の出の方なんです」

声を潜めている割には、噂話をするのが楽しそうに小鈴は目をきらきらさせる。

「じゃあ、私と同じね」

なんとなく親近感を覚えた蓮花に小鈴が首を傾げる。

「私は直接会ったことがないので、はっきりは言えませんがたぶん全然違うと思います。何と言うか……とても贅沢でわがままな方だったみたいです」

小鈴が眉を寄せた。

「後宮に召されたのはそのすごい美貌のおかげだったらしいんですけど、それを鼻にかけて贅沢三昧だったたって。装飾品も衣も毎日毎日取り替えて、さすがに先王さまも手を焼いたって聞いていています」

軽蔑を抑えられない口調のまま小鈴は話を続ける。

「先王さまにはお子さまがたくさんいらして、あまりご身分の高くないお母さまからお生まれになった真龍さまが跡継ぎになる可能性はあまりなかったので、お母さまは真龍さまをとても邪険にされたそうです」

「自分の子どもなのに？」

「そうなんです。女の子だったらきっと自分に似て綺麗だったろうから、高貴な方に嫁がせるとか、皇帝に気に入られるとか何かの役に立ったのに男ならどうしようもないって、面と向かって言ったそうですよ」

小鈴が怖ろしげに顔を歪め、蓮花も同じような表情になる。

まさか自分の子を道具としてしか見ない母親がいるなど信じられない。まして頼る人もない後宮で自分の血を分けた子が生まれたら、何より愛おしいのではないだろうか。まだ若い蓮花でもそれぐらいのおぼろげな思いはあるというのに。

「それで真龍さまは……」

「はい、乳母に預けたままほとんど放りっぱなしだったらしいです。小さな頃からとても優秀だった真龍さまは、勉強でも剣術でも人より早くおできになったそうなんですが、お母さまに褒めてもらおうと側に行くと鬱陶しいって追い払われて、それはとても可哀想だったと、乳母や侍女たちが言っていたそうです」

さすがに蓮花は胸が痛んだ。

今の真龍からは人の賞賛や愛情を欲しがるところは欠片も想像できないが、幼い真龍が求めても得られなかった愛が哀れでならない。

真龍も生まれたときから青銅の龍だったわけではない。

生身で、血を流す人だったはずだ。

幼い真龍を哀れむ蓮花に小鈴が追い打ちをかけてくる。

「真龍さまのお母さまの一番性根が悪いのは、そんなふうにずっと邪険にされていたのに、真龍さまが王位に就いたとたんに手のひらを返したことなんですよ」

小鈴が、本当にどれだけ図々しい方なんでしょうか、と遠慮なく言う。

「王位からとっても遠かった真龍さまが、他のご兄弟を蹴散らして王さまになったら、お母さまが母親面をして、自分は国母だって言い出したんですよ」

「……真龍さまはどうされたの？」

　噂どおり、怒りのあまり母親を捨てたのか、それにしてもやり方が極端過ぎる気がした。

「最初は真龍さまが用意した城の大きなお部屋にいらしたんです。真龍さまも、ある程度のわがままは聞いてさしあげていたようです。いくら冷たい方とはいえ、たった一人のお母さまですからね。でもあまりに振る舞いが酷くて、真龍さまが何度諫めても、母の言うことが聞けないのか、って話にならないんですって」

「さすがに真龍さまもお困りよね……」

「困ったなんてもんじゃないですよ。勝手に人を呼びつけて命令するし、引っかき回すし、お金は使うし、食べ物も贅沢ばっかりするし。そのうえお仕事にも口を出すんです。真龍さまのやり方が悪いとか、あの人を偉くしろとか、逆に使っちゃ駄目とか。二言目には『母がおまえのためにしてやってるんだ』って、おっしゃって」

　ふうっと小鈴が切なげなため息をつく。

「真龍さまもお母さまには特別な思いがあるに違いないって、周囲の人たちが言ってました。やっぱり母親に認め、大切にしてもらいたいっていう思いが」

「……真龍さま……が」

意外な気もするが、それはそうだという気持ちも同時にする。

冷たかった母が王になったとたんにすり寄ってきた怒りはあっても、やっと自分を見てくれたという思いも、子どもとしてはあったろう。

そんな複雑な愛情の持ちようを強いられた真龍を思うと、蓮花はこれまでのような、ただ怖いだけの気持ちで真龍を見ることはできないような気がする。

「真龍さまがそんなふうにお母さまには強く出られないし、王さまのお母さまには誰も逆らえないんで、もう、しっちゃかめっちゃかです」

「しっちゃかめっちゃか……」

「あ、すみません。言葉が悪くて」

小鈴は頬を赤くしたが、歯に衣《きぬ》を着せない正直な言い回しが、逆に真龍の母という人の凄まじい身勝手振りを窺わせる。

「お母さまに対する不満が当然真龍さまへの不満になりますからね。周りからの突き上げが抑えきれなくなって、とうとう真龍さまがこれ以上自分に従えないならお母さまでも容赦しないと最後通牒を出したんです」

「最後通牒……」

「はい。もし今度王である自分に逆らったら、国外追放だって」

小鈴が肩を竦めてぶるっと身体を震わせてみせる。

「真龍さまは本気だったのに、お母さまはその言葉を軽く考えたんですね。母親である自分を捨てられるわけがないって、笑っていたなんて話もあります。それで真龍さまが可愛がっていた若い臣下を自分の味方に取り込もうとして、その人を誘惑したそうです」

「誘惑？」

にわかには信じ難い話に声が高くなったが、小鈴は自信たっぷりに頷く。

「嘘じゃありません。お城の人なら誰も知ってることです。年はうんと上ですけど真龍さまのお母さまはもともと皇帝の後宮にも入れると言われるぐらいお綺麗でしたし、贅沢のし放題で、お化粧もお手入れもうんとお金をかけてましたから、普通の女の人なんかじゃ比べものにはならなかったと思います」

「それで……どうなったの？」

「どうもこうも、真龍さまとお母さまの板挟みになったその臣下は、最後には自害してしまったんですよ」

「自害！　直ぐには信じられないけど……」

「そうですよね。嘘みたいな酷い話ですよ」

小鈴がぶるっと両手で身体を抱えて震わせてみせる。

「でも本当の話で、ついに真龍さまの我慢の限界を超えてしまったんです」

「それで……お母さまは追放になったのね……」

見てはいなくても、そのときも真龍の怒りがまざまざと想像できて蓮花も小鈴と同じように身体が震え、全身に鳥肌が立った。

「はい。真龍さまがお母さまをその場で斬り殺しそうにお怒りになって、宝石や衣装や、そのほかお気に入りの贅沢品を何もかも取り上げて着の身着のままで追放なさったと聞いています。お母さまは最後まで、『親にこんな仕打ちをする者は呪われてしまえ、天罰が下る』って喚《わめ》いていたそうですけど」

「そんなことを……」

「真龍さまを情けのない方と言うのは簡単ですけれど、正直あのお母さまがいらっしゃらなくなって、城中がほっとしたのも本当です」

「……そうなの」

「ええ、でもなんて言うか、お母さまにも同情の余地はないわけじゃないんです」

小鈴は年に似合わない訳知り顔になる。

「もともとは地方の小さな商家の生まれで、跡取りになってくれる許嫁《いいなずけ》も決まっていたのに、行幸《ぎょうこう》中に見初めた前王さまが無理矢理後宮に入れてしまったんです」

え？　と頬を引きつらせた蓮花に小鈴も、王さまってそんなものです、と肩を竦める。

「前王さまはとにかく女性が好きで、後宮にもたくさん女性がいましたから、それはもう大変な争いでした。生き残るために真龍さまのお母さまも人が変わってしまったのでしょうね。来た当初は泣いてばかりいたそうですから。お綺麗なばかりに人生が狂ってしまったってことでしょうか」

そう思えば美人も辛いですね、と小鈴はいたずらっぽく笑って話を終わらせたが、蓮花の胸は新しく知った事実に重く塞がる。

真龍のやったことは酷いと言えば酷い。

けれど、世間で言うようにただ冷たく母を捨てたわけではない。真龍はぎりぎりまで耐え、耐えきれずの末のことだった。

そうする以外、王である真龍は自分の周囲と国を守れなかった。

ねじ曲がったまま伝わっている風評に蓮花は愕然とする。

——肉親を何故そこまで思える。血の繋がりなど厭わしいもの。他人より始末が悪いものだぞ。

——俺が守るのは俺だけだ。

なんて、哀しい人だろう。

女性が嫌いというより、人が信じられなくなっても仕方がない。

幸せとはとても思えない真龍の生き様に、蓮花は胸の痛みが強くなった。

一通り話を終えた小鈴が興奮冷めやらぬ赤い頬で朝の茶の用意をしに出て行くと、蓮花は窓の側に腰を下ろして外を眺める。

夏に入った庭は色鮮やかで息苦しいぐらいに華やいでいるが、偽りの華やかさだ。後宮では誰も幸せではないような気がする。

これからのことを思って、腹の中に重い塊を抱えてため息をついたとき、また合図もなく扉が開いて、蓮花は直ぐに立ち上がった。

この部屋に許可なく入れるのは王である真龍だけだ。顔を見なくても誰か来たかなどわかっている。

「おはようございます。真龍さま」

顔を見るより先に頭を下げると、大股で近づいて来た真龍がいきなり蓮花の顔をぐいっと手で上げさせた。

「昨日と同じ格好で俺を迎えるとはいい度胸だな、蓮花。俺がやったものが気に入らないのか？　それともあれでは足りず、もっといいものを寄越せということか」

思いもかけない言葉に蓮花は丸い目をもっと丸く見開いてしまう。

着替えないと真龍が気を悪くすると小鈴にも注意されたけれど、昨日は夕方に一度、座りもしないで出て行った真龍が蓮花の着ていたものを覚えているとは思わなかった。

まして自分のことなど、その辺りの景色より気にしていないと思ったのに。

「昨日の私の格好など覚えていたのですか？」

驚きをそのまま口に出すと真龍の口が皮肉な笑みを浮かべる。

「俺の頭は使うためについている。おまえと一緒にするな」

「そんなつもりで言ったわけではありません」

面と向かっては逆らうつもりはない蓮花は、先ほど小鈴にも言ったことを繰り返す。

「私にはこれで十分です。まだ汚れていません」

すうっと真龍の鋭い目つきが細められて、よりいっそう鋭く蓮花を見据えてきた。

「髪飾りはどうした。それも気に入らないのか」

小鈴が結ってくれた髪に大きな手が触れて、蓮花は身を引きたくなるのを必死に堪える。

「私は要りません」

真龍の目の虹彩がきゅうっとますます鋭く引き絞られて、怒りの噴出を予感させた。

見られているだけで身体が竦む恐怖に、喉が干上《ひあ》がる。

真龍の指が髪からこめかみを伝い、耳朶へと下りていく。

「おまえ、耳飾りはしないのか、飾り穴も開けていないな」

「しません」

耳飾りなど買う余裕もない暮らしだったから、娘たちが耳飾りをつけるために針で耳朶に穴を開ける年頃になっても、蓮花は何もしなかった。

「後宮の女は皆しているぞ」

「私は必要ありません」

何を考えているのかわからない真龍のひんやりした口調に、蓮花は怒りに触れないように願いながら応える。

「何故だ。女はそんな意味のないものが好きだろう。着飾ることで自分の愚かさを隠そうとする。外側が光っていれば中身も光ると思うらしい」

嘲りが混じるのを蓮花は気づかない振りをする。

ついさっき聞いた小鈴の話が心にかかって、前のように真龍の言葉を単純に聞くことができない。

真龍が湯水のようにものを与えてくるのは、自分の力を誇示するだけではないような気がしてくる。

「……ここにいる他の方は知りませんけれど、私は要りません。私はものをもらうためにここにきたのではありませんから」

なるべく真龍の気持ちを逆なでしないようにと思うけれど、何をどう言えば真龍の怒りに触れるのかわからず、やはりびくびくするのは隠せない。

真龍の視線の動きに、心臓が素手で掴まれるようにきゅっと痛くなる。

今も真龍は蓮花の言葉に、明らかに視線を尖らせた。

「なるほど、殊勝な心がけだな」

繊細な刺繍の襟をぐいっと引っ張られて、蓮花は身体が浮き上がった。

「では何が欲しい？　権力か？　金か？　言ってみろ。嘘や建前《たてまえ》は要らない。聞き飽きている」

そんなもので俺をごまかせると思うな、という言外の威圧に蓮花は唇が震える。

嘘を言うつもりなど毛頭ないけれど、信じてもらえなければどうしていいのかわからない。

蓮花は同じ言葉を、心を込めて繰り返すしかない。

「お金も、飾りも、要りません。私は真龍さまからものをもらうためにここにきたのではないのですから」

襟元が乱れるぐらいに身体を釣り上げられながら蓮花は必死に訴える。

「私は、ただ――」

真龍の目が納得していないのに蓮花は言葉を呑む。

「ただ、何だ。途中で言葉を切るな。俺はいつも忙しいんだ。くだらない思わせぶりに時間を取ってやる暇はない」

癇性な言葉どおりに真龍の眉が吊り上がり、考えるより先に言葉が飛び出る。

「兄のためです」

堅真を思ったとたん、蓮花の目に涙の雫が盛り上がってくる。それでも蓮花はそれを零すまいと唇を噛んで、怒りを顔に出した真龍を見返した。

「真龍さまが、兄を助けたいなら後宮にこいと、そうおっしゃいました。だからです。他に理由はありません」

「他の男のことを口に出したら次は命がないと思え、と俺は言ったはずだが。おまえは死にたいか。それともとことん愚かなのか、どちらだ」

真龍の声にも目つきにも底の冷えた怒りがあり、蓮花はすくみ上がる。

「俺は他人のため、などという言葉は絶対に信じない。人は皆、自分のためだけに生きている。人のことなど考えるものか!」

襟元を摑み上げたまま真龍は紫檀の箪笥の前まで蓮花を引きずっていき、片手で引き出しを開ける。

「着ろ」

何枚も摑み出した色とりどりの衣を蓮花の頭の上から雪崩《なだれ》のように落としてきた。

「――真龍さま、やめてください!」

顔を振り、手で必死に払いのける蓮花の細い身体を真龍は両手で遠慮なく吊るし上げ、顔を寄せてきた。

「おまえだって、自分の命が惜しかっただけだろう。贅沢な暮らしがしたかっただけだろう。遠慮なく俺にたかれ。俺からの施しを受けろ! 俺から搾り取れ! 啼いて、甘えて、ひれ伏して口上手を言えば、俺とて気まぐれに騙された振りをしてやらないでもない。自分のためにだけ貪って、自分だけ腹が膨れればいいと思う女の本性を俺に見せろ！」

自らをも貶める暗い怒りを吐いた真龍は、蓮花からいきなり手を離した。

支えを失った蓮花が音を立てて床に崩れ落ちるのを、真龍が歪んだ怒りと冷たさが交差する視線で見下ろしてくる。

「俺は、誰も信じない。信じたら負けだ」

乾ききった口調に、自分が兄と分かち合ってきた温かい日々を、真龍が味わってきていないことを知る。

「ここでは力が全てだ。いずれおまえにもわかるだろう」

そう言って蓮花を見る真龍の目は暗く淀《よど》み、底が見えない。それは恐怖よりも寂寥《せきじゃく》を感じさせる。

見ているだけで自分を取り巻く空気が冷えてしまうような、負の感情だけに支配された目の色。

なんて、哀しい人だろう。

怖いというより先にその思いが蓮花の胸にこみ上げてきた。

「真龍さまがどう思われようと、私は嘘は言っていません」

瞳に溜めた涙を零さずに蓮花は真龍を見あげる。

真龍は涙を嫌う。柔弱《にゅうじゃく》なさまがいやなのかと思っていたが、真龍自身が涙を流すことなど忘れてしまったからなのだろう。

「真龍さまは私に約束をしてくださいました。だから私はここにいる――それだけです」

兄を守ってくれると、その約束を果たしているだけだと、言外に込めると、今度は頭の上からばらばらばらと髪飾りが降ってきた。

「真龍さま！」

両手で頭を覆って髪飾りのつぶてをよけた蓮花を、七宝の盆をひっくり返した真龍が熱のない凍えた怒りで見下ろす。

「おまえもやがては屈伏する。贅沢に慣れ、いっそう欲しがる。その欲望に勝てるわけなどない。後宮の女は皆そうだ。俺を騙し、俺から毟《むし》り取っても剝ぎ取っても満足することを知らない、質の悪い雌猫どもだ」

衣と髪飾りに埋もれた蓮花を真龍は色のない目で見下ろす。

「おまえだってそのうちもらうことに慣れきる、蓮花。いつまでそんなきれい事を言っていられるか見届けてやる」

言い捨てた真龍は呆然とした蓮花を置き去りにしたまま、足音高く部屋を出て行った。

「……真龍さま」

残された蓮花は、怖れと困惑で直ぐには立ち上がれず、扉が叩かれる音にも気がつかなかった。

「蓮花さま、どうしたんですか」

茶の用意をして戻って来た小鈴が驚いて駆け寄ってきて、はっと我に返る。

「散らかしてしまったわ」

ぎこちなく笑おうとした蓮花に、小鈴が何も言わずに屈み込んでてきぱきと衣と髪飾りを片付ける。

「大丈夫ですか」

手際よく元のとおりにすると、小鈴は蓮花を立ち上がらせて蝶の彫り物をした紫檀の卓につかせて、宥めるように笑いかけてきた。

「真龍さまからのいただきものの多さや高価さに悩むなんて、蓮花さまは、他の後宮の方と違うんですね」

「何が？」

「後宮では真龍さまから何をもらったかが、大事なんです。自分がよりいいものをもらったとか、多くもらったとかが、後宮での勢力に繋がるんです」

「後宮の勢力？　そんなものが必要あるの？　ここでは真龍さまのお世話をする以外に何かを競っているの？」

丸い目を見開くと、また小鈴が笑いを堪えられないといったように噴き出す。

「本当に蓮花さまはどうして後宮に入られたんです？　皆さん、真龍さまの関心を少しでも多く買おうって大変なのに、蓮花さまは興味がないんですか？」

「……真龍さまを怒らせたいとは思わないけれど、でも……人よりたくさん欲しいなんて思えないわ。第一他にどんな方がいるかも知らないし、何故他の人と争わなくちゃならないのかもわからないもの」

「でもせっかく真龍さまに気に入られて後宮にきたんですから、何かないんですか？　したいこと」

気に入られてきたわけじゃない、と言っても説明が上手くできないので蓮花は首を横に振る。

「私は町の小さな工場で機織りをしていたの。上手になってお給金が上がるのが待ち遠しくて、お給金をもらったら何を買おうって考えるのが楽しかったの。料理人の兄と二人、本当に慎ましい暮らしで、些細なことでも嬉しかったわ」

ついこの間のことなのに、とても昔のことのような気がして蓮花は、深いため息をついてしまう。

「ここは贅沢なものばかりでとっても綺麗だと思うけれど、羨ましいとは正直思えないの。それを見ても触っても、心の中が温かくなることはないんですもの。欲しいとは思わないわ」

幸せってお金だけじゃないと思うんだけれど、とため息をつくと、おかしさと同情の混じった視線を小鈴が向けてきた。

「蓮花さまの考えはともかく、真龍さまがくださったものは素直に受け取ったほうがいいです。遠慮すると何かの駆け引きかと疑われますから。蓮花さまにそんなつもりがないなら、髪飾りもちゃんとつけて、着るものも毎日着替えたらいいですよ」

どうやら小鈴はさっきの散らかし振りの原因をおぼろげに察しているようで、蓮花は頬が赤くなった。

「それより蓮花さま、落ち着いたら麗姫《れいき》さまのところへご挨拶に行かないとなりません。あの方に嫌われたりでもしたら後宮での暮らしが辛いものになります。まあそういう方ではありませんので大丈夫だとは思いますが、けじめは必要です」

蓮花が飲み終えた茶を片付けながら小鈴が話を変える。

「麗姫さまって、誰？」

「後宮で一番力のある方です」

その応えに、後宮というものがやっとわかってきた蓮花は、麗姫がおそらく真龍に一番に愛されている人なのだろうと察した。

あの真龍が女性を愛する――とても不思議な気がする。

一体どんな人が真龍の心を動かしたのだろう、蓮花は何故か心が揺れる。

あの冷たく、寂しい真龍の心を動かせる女性とはどんな人なのだろうか。

「麗姫さまはどういう人なの？」

「お年は真龍さまの一つ下、陽国と同盟を結んでいる国の姫さまで、とてもお綺麗なうえに物腰が柔らかくて優しい方です」

小鈴はそこで慎重な口ぶりになる。

「本来なら真龍さまの正妻になるお立場なのですが、麗姫さまの故国は少し前に国王が亡くなられて、跡継ぎ問題で揉めている真っ最中なんです」

「……どこも同じなのね」

真龍が王位に就くときの騒ぎを思い出す蓮花に、小鈴も本当に、と同意する。

「それで、上手くいくかどうかはっきりするまでは陽国でお預かりということみたいです。内輪のもめ事で駄目になってしまった国も少なくありませんからね」

「お預かり……って、許嫁、ということ？」

「将来の正室候補なのだとは思いますが、国同士の約束ですから、国の勢力によってこういうのは直ぐに変わってしまうんですよ。麗姫さまの故国はあまりいい状態ではないそうですから、真龍さまも慎重になっていらっしゃるのでしょう」

小鈴は年齢以上の捌けた顔をして、先を続けた。

「真龍さまはいますぐ正妻をお持ちになるつもりもないようですし、はっきりとは決まっていないみたいです」

では麗姫という人は人質としてこの後宮に入ったのだろうか。

それならば自分と同じ立場だ、と蓮花はふと感じる。

国を救うという目的と、兄を救うという目的。人から見ればその大きさは遥かに違うかもしれないが、蓮花はまだ会ったことのない麗姫に親近感を抱いた。

小鈴は、ほうっと息を吐いて「仕方がありません」ときっぱりと言う。

「もちろん真龍さまは身分の高い麗姫さまにはそれなりに礼儀を持って、他の方とは違う扱いをしています。麗姫さまはまだ正妃のいない真龍さまの一の人としてこの後宮を仕切っておられるのですから、正式な婚約はまだとはいえ、十分に恵まれた方だとは思います」

蓮花は小鈴の話に頷きながらも、美しいだけと見えた後宮の人間関係の複雑さに目眩《めまい》がする思いだった。

五．壊された茶碗

『これをお母さまに』

差し出した茶碗を受け取った母がためすようにあちこちから眺め、美しい唇を歪める。

『これはなにかしら？　真龍』

『飲茶用のお茶碗です。お母さま』

真龍は少しだけ胸を張った。

城に出入りしている商人が持ってきたのをひと目見て気に入り、ようやっとの思いで手に入れたのだ。

まだ十歳の真龍には安くない値段だったが、持っていた貴石の飾り玉や香炉をかき集めて交換してもらった。

黄色地に牡丹の花の茶碗はきっと母に似合うし、喜んでくれるはずだ。

いつも自分には笑いかけてくれない母だけれど、王から何かを受け取るときは満面の笑みを振りまく。

この茶碗を喜んで、きっと自分にも、あの零れるような笑みで笑いかけてくれるに違いない。

『綺麗でしょう？　お母さま』

どきどきしながら母の顔を覗き込んだ真龍の手に母は茶碗を押し返してきた。

『お母さま？』

急に戻された茶碗を落としそうになって、慌てて持ち直した真龍は母を訝しく見返した。

『そんな安物をわたくしに使えって言うの？　真龍』

母の美しい眉が嫌悪に吊り上がっている。

『安物って……』

『その辺の道ばたで売っている二束三文の茶碗じゃないの。一体どこから拾ってきたのかしらね。汚らしいわ』

言葉にも溢れる険が真龍の心に無数の擦り傷をつけていく。

自分が持っているもの全てを手放してまで、母のために買った茶碗が『汚らしい』のか。

『……拾ったんじゃありません……買ったんです』

それだけは言いたかった。

母のために、今の自分ができる限りのことをしたのだと伝えずにはいられない。

『僕にはそれが精一杯です……僕の精一杯なんです。お母さまのために……』

だが母は、真龍の言葉に冷たい目をしただけだった。

『真龍、あなたに一つ教えてあげましょう――この間、王にいただいた白玉のお茶碗を持ってきてちょうだい』

母が控えていた女官に言いつけると、女官が紫檀の物入れから素早く白玉製の茶碗を差し出した。

青みがかった白い石でできた茶碗を、母は見せつけるように真龍の目の高さに差し出した。

『ご覧なさい。この美しさ。王がわざわざわたくしのために作らせてくださったのよ』

周囲に長寿を祈る鶴の彫り物をした碗に母はうっとりと指を滑らせる。

『ねえ、真龍。贈り物っていうのはこういうものなの。最高のものを贈る。贈る相手を最高だと賞賛するということなのよ。それができなければ意味がないわ』

『……僕には……そんな茶碗を贈るなんてできません……』

王でなければ誰がそんなことができるというのだ。

自分のできる精一杯で相手を喜ばせるだけではだめなのか。

真龍の縋る瞳に、母が華やかに嘲る笑みを見せる。

『できなければ、意味がないの。できる男にならなければ――全然意味がないの。価値がないのよ』

すっと手を伸ばした母が真龍の手から茶碗を取り上げる。

『こんなものしか贈れない男は、この城では何の意味も価値もないわ。よく覚えておきなさい』

艶やかに笑った母が、黄色い茶碗を持ったまま腕を頭上に掲げ、茶碗から指を離した。

『あ――』

閃光の様に閃いた茶碗は、一瞬のあとに高い破裂音を立てて床で砕けた。

――ガシャン！

頭の中で反響した音に寝台の上にがばっと身体を起こした真龍は、耳に残る茶碗の砕ける音を払おうと何度も頭を振った。

あれから十五年以上も経つというのに、母に茶碗を砕かれた場面は未だに夢に出てきて真龍を苦しめる。

一生懸命に意味はない。結果が全て。

母に目の前で割られた茶碗は、真龍の心が砕けた音だったのか。

あの日から真龍は、ひたすら強くなろうと思った。きっとこの城で価値のある男になろうと思い詰めてきた。

今は王だ。

愛など金と権力で買える立場なのに——あの娘、蓮花が真龍の心を乱している。

贈った簪一つつけずに、ものをもらいに来たのではないなどと自分に向かっていう娘。

何が欲しいのか。

何を与えれば笑うのか。

あのひたむきな目が母のように媚《こ》びるのか——。

いや、それは見たくないと、真龍はふと思った。

あの丸くひたむきな目が、自分に向かって阿《おもね》るのを見たいわけではない。

ただ自分は知りたいだけだ。愛など虚しいことを。

そう思う自分の気持ちの矛盾に気がつかない振りで、真龍は蓮花に白玉の茶碗を贈ってみようと不意に思い決めた。


真龍を出迎えてきた蓮花は相変わらず簪もつけず、またしても昨日と同じ襦裙を着ている。

この娘でなければ何かの嫌がらせか、もっといいものが欲しいというわかりやすい要求だと思っただろう。真龍も口ではそう言った。

だが蓮花の目には母が自分を囲っていたときの王に見せていたような媚びもへつらいも、自分をよく見せようとする科《しな》もなかった。

ただ大きな目に真面目な色を浮かべ、王に対する礼儀として真龍に頭を下げるだけなのが見て取れる。

その欲のない顔がどうなるのか見たくて真龍は手ずから持ってきた桐《きり》の箱を渡す。

「おまえにだ」

「何でしょうか？」

受け取った蓮花は首を傾げて真龍を見あげてきた。

丸い大きな目には王から何かをもらえたという喜びはなく、ただ子どもじみた不思議そうな色だけがある。

——ものをもらいに来たわけではない。

蓮花の言った言葉は嘘ではないのだと、真龍は何も期待していない瞳にふと感じる。

自分の母はいつも、王から何かをもらえることを待っていた。もらえなければ哀しがり、他人がもらえば歯がみして悔しがっていた。

なのに蓮花は泥の中の白い蓮の花のように穢れのない目で真龍を見あげてきている。

この娘は茶碗を見て何を言うだろうか。

真龍の胸に期待と不安が交錯した。

「開けてみろ」

はい、と返事をした蓮花は紫檀の机の上に桐箱を置いて蓋を開けた。

「お茶碗……綺麗……」

素直に感嘆の声を漏らして蓮花はそっと茶碗を取り出し、手のひらに載せた。

蓮花の小さな手にしっくりと収まった白玉の茶碗に真龍は思わず満足の笑みを浮かべた。

白玉の石でできたこの茶碗は蓮花のために名匠にわざわざ作らせた。

蓮の花が開いた形をした碗の底面は花びらを支える萼《がく》の彫り物がされ、花びらの一枚一枚には凝った彫刻が施されている。

真龍が王だからこそ作ることができる茶碗。

かつて母親に罵られた自分とは違う。

最高のものを人に与えることのできる男になったのだ。

今の自分の立場を味わいながら蓮花を見ていた真龍に、蓮花のほうは戸惑う眼差しを向けてきた。

「あの……これは……」

「おまえのだ。今、そう言っただろう。聞いていなかったのか」

「……あ、……でも」

困惑する蓮花を真龍は皮肉な目で眺める。

「ものをもらいに来たわけではないか」

「――はい」

茶碗を持ったまま、唇をきゅっと結んで見返してきた。

「私は……本当に……こんな立派なものは……」

「そうか」

やはり蓮花が母のような顔をしなかったという安堵とそして、何故か激しい失望が真龍を襲った。

いつだって誰にも喜んでもらえない自分がいるのに、気づかされる。どんなに力を得たところで、あのときの惨めな子どもの頃から少しも変わらない自分。

誰にも愛されない自分は、この受け取ってもらえない茶碗そのものだ。

真龍は手を伸ばして蓮花の手から茶碗を取り上げる。

「要らないなら、捨てるか」

すっと頭上に茶碗を振り上げた真龍に蓮花が目を見張り、次の瞬間、その腕を飛びつくように押さえる。

「なんてことをするんですか！　真龍さま。割れてしまいます」

「おまえは要らないのだろう？」

今にも茶碗を床に落としそうな格好のまま尋ねると、蓮花の頬が困惑に染まる。

「だからといって割る必要はありません」

「そうか？　要らない茶碗は割れ、と俺は母に教わったのだがな」

ふっと吐息をついた真龍は、茶碗を下ろして桐箱に納める。

「……あの真龍さま……どういうことかお聞きしてもいいですか」

おそるおそる聞いてきた蓮花の目には、好奇心より傷ついた色があり、真龍の口を開かせた。

「なんということはない昔話だ。俺が子どもの頃、母に綺麗だと思った茶碗を贈った。子どもだったから安物だった。けれど自分が持っていたもの全部と交換して買った、俺にすれば精一杯のものだった」

さりげなく言おうと思うのに、真龍の耳にあの茶碗の割れる音が甦《よみがえ》ってきて、心が軋《きし》み声が掠れた。

「だが母は、安物なんて気に入らない、汚いだけと言ってそれをたたき割った」

蓮花が唇に手を当てて悲鳴を堪える仕草をする。

「相手が気に入らなければ意味がない。目にもの見せてやれと――母が俺に教えたんだ」

あの時の哀しい衝動が真龍を突き動かし、茶碗を入れた桐箱を振り上げようとしたとき、蓮花が飛びついてきて箱をひったくった。

「私――使います」

箱を抱えて蓮花が床にへたり込む。

「ずっと大切に使います」

「蓮花……」

大きな目が真龍を見あげて今にも泣きそうに潤んでいる。

「絶対に割りません。約束します。だからだから、真龍さま……も……」

あとの言葉を続けられない蓮花の目から涙が落ちてきた。

なんて綺麗な涙を流すのだろうか。この娘は。

美しかった母の満面の笑みよりも遙かに心惹かれる泣き顔だと、真龍は瞬きもせずに蓮花の白い頬に流れる涙を見つめていた。

六．後宮の掟

壁紙は深紅と金色の幾何学模様《きかがく》、調度品は螺鈿《らでん》細工の施された目を奪うほど煌《きら》びやかなものばかりが揃う部屋を、蓮花は視線だけで見回して驚く。

思いもかけない出来事から後宮に来て十日、蓮花は今、後宮で一番身分の高い姫だという麗姫に挨拶するために彼女のもとを訪れていた。

小鈴に連れられて挨拶に来た麗姫の私室は、この世の贅を尽くしたと言わんばかりに素晴らしいものばかりだった。

招き入れた麗姫の侍女が「あなたが蓮花さま」と小馬鹿にした口調で蓮花を上から下までじろじろと見定めるようにしてくる。部屋に入って早々に居心地が悪くなるが、それに更に追い打ちをかけるかのように侍女たちのひそひそと囁く声が聞こえてきた。

――まあ、なんて垢抜けない。噂どおりの出自。

──せめてもう少しましな格好でもすればいいのに。

──あら、猿は着飾っても猿……。

背後に付き従っている小鈴が憤慨して、思わず一歩前に出ようとするほど容赦のない品定めだったが、蓮花は無理もないことと思う気持ちもある。

確かに蓮花の身なりより、ここの調度品のほうが遙かに高価で見事だ。

だが一方で、そんなことでしか人を判断できない後宮の価値にどっぷりと浸かった麗姫の侍女がなんだか気の毒な気がしてしまう。

どうして麗姫は侍女たちにそんな陰口を言わせるままにしておくのだろうか。

一言窘《たしな》めればいいものを、底意地の悪い行為を許すのは本人のためにもいいことではないし、雰囲気も暗くなるのに、と蓮花は不思議に感じた。

「麗姫さま、新しく後宮に入られた、あの蓮花さまがご挨拶にいらっしゃいました」

あの蓮花さま──また明らかに馬鹿にした色合いだった。

後ろの小鈴が今にも何かを言いそうに鼻息が荒くなるが、麗姫の前に通されてさすがにぴたりと静かになった。

今までのことを瞬間何もかも忘れてしまうぐらい、引き合わされた麗姫の装いは豪華で目が眩む。

朱色の襦裙の袖はたっぷりと長く、襟と裾にはぎっしりと施された色鮮やかな蝶の刺繍。

緩く結い上げた髪を白玉の笄《こうがい》と金細工の花簪で留めていた。

白い耳朶がちぎれそうなくらい大きな翡翠《ひすい》の耳飾りが肩口までたれ、細い首にはやはり翡翠の首飾りがぐるりと二重に巻かれて胸もとを飾っている。

蓮花からすれば信じられないほど豪奢な衣装だが、おっとりした様子ながら麗姫にはその装いが当たり前といった雰囲気があった。

傍らに立つ小さな女児が大きな扇子で風を送るのを受けながら、麗姫は細面の品のいい目鼻立ちに似合いのふんわりした笑みを浮かべて、前に立つ蓮花を見つめてきた。

「あなたが新しくいらした、蓮花さんね」

よろしくお願いします、と頭を下げた蓮花に、麗姫は見た目どおりにおっとりと頷いてゆっくりした口調で尋ねてきた。

「あなたはもしかしたら堅真という料理人の妹なのかしら」

何故麗姫が厨房で働いていた一介の料理人にすぎなかった兄の名を知っているのかと、蓮花は失礼を顧《かえり》みずにまじまじと麗姫を見返してしまう。

「兄のことをご存じなのでしょうか？」

「ええ、美味しいお菓子を作る料理人で、可愛らしい妹がいると話してくれたことがあったの。あなたのことだったのね」

辺りが温かくなるような笑みを麗姫は浮かべて、堅真との会話を懐かしむような目をした。こんな場所で兄のことを聞けたのが嬉しく、麗姫の親しげな様子に励まされた蓮花は思い切って尋ねてみる。

「あの……麗姫さまは兄の今回のことをご存じなのですか」

その優しい瞳に思わず胸にわだかまることを口にする。

「そうね」

少しだけ困ったように小さな口元の端が下がる。

「この後宮の出来事でわたくしの耳に入らないことはほとんどないの」

自分は特に興味はないけれど、自然とわかってしまうというように小首を傾げた顔に邪気がなく、麗姫の育ちの良さが窺える。

「それに堅真のお菓子を毒味したのはわたくしの侍女だったのよ」

あ……と蓮花は両手で口を覆った。

真龍が毒味をさせたのがこの麗姫の侍女ということは、麗姫は目の前で侍女が亡くなるのを見たのだろう。

その怖ろしさと哀しさに鳥肌が立つが、麗姫は蓮花を責めることなく柔らかな口調を変えない。

「堅真のお菓子はとても気に入っていたから、こんなことになってとても残念だわ」

「それは……あの何と言っていいのかわからないのですが。亡くなられた方はとてもお気の毒に思っています」

　両手を振り絞りながら蓮花は必死に言葉を繋ぐ。

「ですが、兄は仕事を大切にしていました。このお城の厨房で働けることをとても喜んでいて、誇りにも思っていました。自分の作るものに何か怖ろしい細工をするなどということなんて、考えられません」

　蓮花の話を微笑んで聞いていた麗姫は、微笑みと同じように優雅に頷きながら残念そうに言う。

「そうね。妹のあなたがそう言うのはとっても当たり前だと思うわ。でも本当のことは誰にもわからないし、証拠もないの。わたくしはどうしてあげることもできなくてよ」

　ほっそりした指を頬に当てて麗姫はふっとやるせなさげな息を吐く。

「それにね、あなたが信じるほど堅真の腹が白いとは限らない……と言ってもいいのかしら」

　ぎゅっと唇を結ぶ蓮花に麗姫はやんわりとした口調でさらりと言う。

「それどころか、ことを荒立ててわざとあなたを後宮に入れたのかもしれないわ」

「わざと？」

「そうよ」

　麗姫が笑みが深くして、金の爪飾りを嵌《は》めた指で蓮花を指さす。

「身内が後宮で出世すれば、自分も取り立ててもらえるかもしれないでしょう」

「まさか！　兄はそんな人じゃありません」

礼儀を失してはいけないということも忘れて蓮花は声を立てた。

「そうかしら？　城でいろいろなことを間近に見ていたら、考え方が変わったかもしれないわよ。わたくしはそんな人を何人も見たわ。出世欲にかられ前後を忘れてしまい、危険すら省みずに考えられないことをしてしまうの」

「でも、兄は違います。兄は、そんな人じゃありません」

証拠がないのが悔しい。

地団駄を踏みたい気持ちで繰り返す蓮花に、麗姫が哀しい瞳を向けてくる
「正しいかどうかは別にして堅真を信じるあなたはとても立派だと思うわ。だから大切なことを教えてあげましょう」

麗姫が優美な仕草で指を組み合わせて蓮花を見つめてくる。

「本当に正しいかどうか、真実かどうかなど、それはどうでもいいの。この後宮の全ては真龍さまが決めること。真龍さまが正しいと言ったらそれが正しい、間違っていると決めれば間違っている。それがここの掟よ。それを忘れないことね」

「真龍さまが決めること……」

繰り返した蓮花に麗姫が、ええ、と微笑む。

「後宮にはあなたのようにたくさんの女性がいるの。いることとさえ忘れられたまま枯れてしまう人もいるわ。ここで生き残りたければ、今わたくしが教えてあげた掟を肝に銘じておくことね」

それまでおっとりしているとばかり見えた麗姫の顔に、後宮で力を得ている女の自信が不意に浮かんだ。

「それからわたくしがここの一番なの、蓮花さん。それも忘れないでね」

ついでのように付け足された言葉に、絶対にその地位は譲らないという殺気に近い気迫が立ちのぼり、いっそう蓮花を圧倒してきた。


――後宮で大切なこと。

昼間に麗姫に言われたことを一人になった部屋でとりとめなく考えていると、不意に扉が開いたので蓮花は椅子から立ち上がる。

この部屋に合図もなく入ってくる権利があるのは真龍だけだ。

確かめもせずに頭を下げた蓮花の前につかつかとやってきた真龍は、紫檀の椅子に腰を下ろした。

「座れ」

低い声で促され、蓮花は緊張したまま向かい側に自分もぎこちなく座る。未だに真龍という人がわからず、どう振る舞っていいのか迷ってぎくしゃくしてしまう。

無言のまま俯いていると、真龍が辺りのものが吹き飛びそうなため息をつき、びくっと蓮花は顔を上げる。

「おまえの勤めはわかっているのか」

「はい、あの……」

「俺を楽しませることだと、言わなかったか？」

真龍の唇の端が皮肉を込めて引き上がるのに、蓮花は肝がきゅっと縮まる。

何をして真龍を楽しませたらいいのかわからない。

「子どもの身体にはたいして期待はしていない。何か面白いことでも話してみろ」

いきなり振られた命令に蓮花は真龍の顔を窺うものの、その心の内は全くわからない。

「……今日、麗姫さまにお会いしました」

楽しませると言っても後宮から外に出られない蓮花の話題は限られている。だが真龍は興味を引かれたように眉を上げた。

「麗姫にか、どうしてだ」

「この後宮で暮らしていくのなら麗姫さまへのご挨拶は欠かせないと、小鈴に言われました」

「……なるほど。麗姫と何を話した。後宮の女同士、何を話すのか俺も多少興味がある」

顎に手を当てて、真龍は少しだけ面白そうな顔をした。

「真龍さまが面白いと思うのかどうかはわかりません。ただ——後宮の決まり事は全部真龍さまがお決めになるということです。正しいかどうかも真龍さまのお気持ち一つだと、それが一番大事なことだから忘れないようにと、麗姫さまは私に言いました」

真龍の眉根がぐっと寄せられて、厳しい顔つきがいっそう険しくなり、蓮花は椅子の上で身体を引いてしまう。

だが真龍は思いの外静かな口調で聞いてきた。

「それはつまり、俺が言ったことは正しかろうが間違っていようが、それが後宮の掟だということか」

真龍の声の響きには、どこか心外だという気配が感じ取れて蓮花は思わず聞き返した。

「違うのですか？　麗姫さまはそのように言っていました。それを忘れてしまうとこの後宮では生きていけない。後宮で生き残りたければ、それを忘れないことだと、はっきり言っていました」

「おまえはどう思うんだ？　俺の言うことを後宮の掟と思い、従うのか」

瞬きもしない真龍の鋭い目が心の奥底まで見通すように突きささる。

「……逆らうつもりはありません。でも——間違っていることには……従えるのか……わかりません」

あやふやに応えてしまうと、真龍が奇妙な目つきをして口元を大きな手で覆った。

「命が惜しくないのか。俺に逆らうと命がないかもしれないのだぞ」

真龍の目にからかうような色が踊り、隠れた口元からくぐもった声が問いかけてくる。

「……死にたくはありません。でも」

蓮花は祈るように両手を組み合わせ、必死に自分の気持ちを纏めようと眉を寄せて考える。

「たとえば、真龍さまが私に、誰かを傷つけろとか、暗殺しろ、とかそういう命令をなさったら――それは無理です。そういう掟には従えません」

「なるほど」

真龍が、まるで笑うのを堪えるような顔をしてぐっと口元を押さえた。

「そんな突拍子もないことを言うおまえに暗殺なぞ頼むつもりはないがな。全く役に立たなそうだ」

やっと口から手を離した真龍は、簪をつけていない蓮花の髪を指さしてふんと唇を歪める。

「第一俺がやった簪一つつけない、跳ねっ返りが俺の言うことを聞くつもりがあるなどとは思えない。おまえに感謝の気持ちなど爪の先ほどもないだろう」

あ、と指をさされた髪の毛を押さえて蓮花は首を激しく横に振った。

「そんなことはありません」

ふんと鼻であしらった真龍は、それでも今日はそれ以上当てこするつもりはないらしく話を変えてきた。

「おまえ、ここに来る前は何をしていた」

「町の工場で機織りをしていました」

「機織り？　絹織物か？」

「はい。織女です。ですから七夕の織姫は私たちの神さまみたいなものです。私も織姫のように上手に織れるようになりたいと願っていました」

この後宮に来た日に開かれていた七夕宵祭りは織姫の祭りで、祈れば機織りが上手になれるという言い伝えもあった。

蓮花にとっては大切なお祭り。そして運命が変わってしまった祭り。

切ない気持ちを胸に深くうずめ込む蓮花を、真龍がじっと見つめてきた。

「後宮の掟を教えてやる、蓮花。よく聞いておけ」

静かな声に視線を奪われる蓮花に真龍の真っ直ぐな目線が合わせられた。

「俺を裏切るな」

「……真龍さまを裏切らない……？」

「そうだ。俺を裏切るな。何があっても俺を裏切るな。それだけが後宮にいる女、いや、おまえの勤めだ」

真龍の声に何故か僅かに懇願に近い色が混じったのは蓮花の気のせいだろうか。

けれど聞き届けなければならないような、真摯で切ない響きがその声には宿っていた。

蓮花は真龍の目を見たまま、深く頷く。

「はい、真龍さまを裏切りません。それだけは誓います」

ふっと、蓮花の全身を包み込むように真龍の視線が弛んだ。

「麗姫の言うことは気にしなくていい。あれはあれ。おまえはおまえだ。同じ女は二人も後宮には要らない」

真龍は蓮花の両頬を引き寄せると、応える前にその唇を塞いだ。

七．真龍との誓い

「おまえはおまえだ」

そう三日前に言ったばかりなのに、今日も簪をつけていない蓮花に真龍の機嫌はいいとは言えない。

不機嫌な顔のまま蓮花の髪から視線を外さない。

「その花は何だ」

庭の花のことかと思い、落ちた陽の光がまだ残る窓越しに視線を向けると、長い指が蓮花の髪に挿した花を示してきた。

「あ……」

また与えられた髪飾りをしていないことを咎められるのかと、蓮花は重い気持ちで応える。

「烏瓜《からすうり》です」

蓮花は髪から花を引き抜き、手のひらに載せて真龍に見せる。

繊細な模様を描く細い糸に取り囲まれた白い花に真龍は物珍しそうな目をした。

「あの薬に使う烏瓜か？」

花は知らなくても薬草には詳しいようで、烏瓜の赤い実が皮膚の病気に使われる民間薬であることは知っているらしい。

蓮花はそのことに素直に尊敬の念を抱きながら頷く。

「はい、あの赤い実をならす烏瓜の花です。夏になると夕方過ぎに咲くので、さっき摘んだばかりです」

難しい顔を崩さないまま、それでも真龍は蓮花の手のひらから白い花を取り上げる。

「不思議な花だな。まるで細工物のようだ」

手のひらを動かして前後左右から花を眺めて呟く真龍に、蓮花はふっと胸の奥がざわめく。

まさか真龍が、野の花に心を動かすとは思わなかった。

後宮の庭は牡丹や菊といった華やかに咲く大振りの花を庭師が手入れよく咲かせているが、蓮花が兄と暮らしていた頃、道ばたで見かけたような花を探すのは難しい。

朝、庭師が抜き忘れた烏瓜を見つけ、この夕暮れに咲くのを待ちかねて髪に挿したが、

真龍にはつまらないものにしか見えないと思っていた。

　だが真龍はそのまま手を伸ばし、花びらを傷めないように穏やかな手つきで、蓮花の髪に白い花をもう一度挿した。

「あ……」

　優しい手つきに声を上げた蓮花に真龍は真顔のまま問いかけてくる。

「おまえは贅を尽くした金銀細工の花より、こんなふうに本物の花が好きなのか。数時も経てばしおれてしまうぞ」

「……わかりません」

　嘘はつきたくないと蓮花は自分の心の内を見つめながらゆっくりと応える。

「真龍さまがくださった髪飾りはどれもとても綺麗だと思っています。宝石も、細工も、私が見たこともないものばかりです。小さい頃から大人の女の人たちがつけているのを見て、いつか私もつけてみたいととても憧れました」

「なら、どうして使わない」

　いつものような怒りがない、淡々とした真龍の口調に蓮花は思い切って胸の内を見せる。

「私が買ったものではありませんから」

　ぎゅっと眉を寄せて怒りを浮き上がらせたように見える真龍に、なんとかわかってもらおうと蓮花は手を握りしめながら言葉を続けた。

「あれは全部真龍さまのもので、私のものではありません」

「その俺がおまえにやったのだから、もうおまえのものだろう。好きに使えばいい」

「でも、本当に私には必要がないのです」

「必要がないかあるかは俺が決める。俺は王だ」

皮肉な口調で、視線も尖る。

「自分のものに贅沢をさせるのは、王の楽しみの一つだ。おまえたちは俺の玩具だ。おとなしく施しを受けていればいい。自分の玩具に贅沢をさせるのは、古来、王としてのたしなみだそうだからな。おまえだって贅沢をしたら楽しいだろう？　おまえの後ろについている権力が見え隠れして誰も逆らえなくなるぞ」

あからさまな物言いが蓮花を竦ませるが、今さっき花を挿してくれた真龍が覗かせた心に蓮花は必死に訴える。

「真龍さま、ですから、私にはそれは必要ないのです。私の幸せはそれとは違います」

ぐっと真龍の眉が怒りと違う何か別の、理解し難いもどかしさに悩まされているように寄せられる。

「どういう意味だ」

「私がお城の外にいたとき、絹を上手に織れて褒められるのが嬉しかったり、お給金がもらえるのが嬉しかったり、小さなことが本当に幸せでした。真龍さまにはつまらないものに思えるかもしれませんが、自分の力で一生懸命手に入れたものでした」

蓮花は怯えを堪えて真龍の鋭く光る目を見つめる。視線を逸らして話していることが嘘に思われてしまうのはいやだと自分を励ます。

「心がほわっと温かくなるようなもの、そういうものが私の欲しいものなのです。ただむやみやたらに煌びやかなものや、お金のかかったものとは違うのです」

今にも取って食われそうな激しい視線に、唇が震え言葉が滑り落ちていく。

身体中から汗が噴き出て、崩れ落ちそうな恐怖にがんじがらめになる。

口を閉じたとたん、真龍がいつも腰に差している剣でひと思いに心臓を貫かれるのかもしれない。

それでも蓮花は瞼を必死に見開いたまま真龍を見つめ続けた。

瞬きもせずに真龍も蓮花を見据え、どれほどの時が経ったのかわからない。

ふっと真龍が席を立ちくるりと背を向け、部屋を出て行った。

蓮花に対して腹を立てているというよりも、ここにいたら何か胸に溜まった暗い思いをはき出してしまいそうな表情をしていた。

あの茶碗を投げ捨てようとしたときのような、自棄を感じさせる寂しい怒りを今日は抑えていたように見える。

あの人は人に与えることでしか愛をもらえないと思っているのだろうか。そんなもので手に入った愛など、まやかしなのに――。

蓮花の目に映る真龍は哀しい人で、慰められるなら慰めたいと思わずにいられない。

やはり茶碗を受け取ったときのように、簪も受け取ればよかったのか。

けれどそれは違うのだと、蓮花は真龍に伝えたい。

ものでは伝わらない心があるのだと、それを言いたいのに、どうして上手く伝わらないのだろう。

今、簪を受け取ってしまうと、もので人の気持ちを測る真龍のやり方を正しいことにしてしまいそうで、いやなのだ。

心はものではないと、母に精一杯の思いを込めた茶碗を割られた真龍に伝えたいのに。

そのあと、真龍が戻ってきたら何と言おうかと蓮花は悩んで眠れなかったが、真龍は戻ってくることはなかった。

翌朝、寝不足で赤い目をしたまま鏡台の前に座った蓮花に、小鈴が悪戯っぽい目をした。

「昨夜も真龍さまがいらっしゃったのですね」

ふふっと察したように笑う小鈴に曖昧な笑みを返した蓮花の髪を、小鈴は手早く整え始める。さほどもかからずに結い上げると、簪の代わりに庭から摘んできた葵《あおい》の花を慎重な手つきで挿してくれた。

「秋になると菊が咲いて、髪に挿すにはちょうどいいですよ」

首を傾げて案配《あんばい》を確かめた小鈴は、その出来映えに満足そうな顔をした。

「ありがとう。小鈴は髪を結うのがとても上手ね。私はいつも自分で結っていたからこんなふうに綺麗にはできなかったの」

鏡に映る小鈴に礼を言って髪に触れた蓮花に、小鈴が心配そうな顔をする。

「今朝も新しい髪飾りが真龍さまから届いているんですけれど、やっぱりつけないんですか？　今日のは、芯が真珠でできた金細工の蓮の花で、それは見事なものですよ。きっと蓮花さまにって特別に作らせたんだと思いますけれど……本当にいいんでしょうかねえ」

気遣う眼差しを向けられ、蓮花は正直に視線を逸らしてしまった。

昨日のことがあるのにまた新しい簪を届けてくるとは、やはり相当怒っているに違いない。

今日もきっと、いきなり訪れて不機嫌な顔をするだろう。ただの不機嫌で済めばいいけれど、いつか本当に爆発するかもしれない。

威圧感が尋常《じんじょう》ではない真龍の無言のさまは気が重いし、いっそ真龍の意に沿うようにしたほうが楽なのはわかっている。

けれど今、真龍から与えられた髪飾りを使わないのは意地とは少し違う気持ちだった。

最初はこれ以上の恩恵を受けたくないという意地や、簪を買ってくれることを約束していた兄への強い思慕があったけれど、今はそうではない。

言葉で表すには難しすぎて、上手く説明できるとも思えないから、どうしても無言になる。けれど、意固地や拒絶ではなく、真龍に自分をわかってもらいたいという気持ちが蓮花の中に芽生えている。

人は自分のことばかりを考えているわけではないということや、欲しがるばかりではないということを、真龍にわかってもらいたかった。思いを伝えるものはものばかりではないのだと知って欲しい。

この先、ずっと後宮で真龍と生きていかなければならないなら、それが図らずもここに来てしまった自分の勤めのように思えた。

麗姫みたいに綺麗な人はきっとここにたくさんいるのだろう。

教養もあり、身分の高い女性も多くて、真龍を会話で楽しませることができるのだろう。

自分にはそのどちらもない。

だから自分がここでやるべきことは、着飾ることでも真龍におべっかを言うことでもない。

ならば、堅真と二人、慎ましく暮らしていたときと同じように、この後宮で自分らしくしていようと、蓮花は自分なりに考えた。

それが、兄の無実も証明することのような気がする。

自分が贅沢に溺れ、真龍から貪れば、所詮その程度の兄妹だったのか、思ったとおりの人品《じんぴん》だと真龍は納得もし、そしてまた荒《すさ》んでいくだろう。

——おまえもやがては屈伏する。贅沢に慣れ、いっそう欲しがる。

後宮の女は皆そうだと吐き捨てた真龍の言葉を真実にはしたくなかった。

蓮花の決心は小さな胸の奥に秘めて口に出さない。きっと聞けば誰もが笑うとわかっているから。

青銅の龍の血の通わない心に触れることを考える蓮花を、身の程知らずと思うに違いない。

言葉を濁《にご》すしかない蓮花は、朝の茶を用意する小鈴に背を向けて、華やぐ庭に気を取られる振りをする。

「でもまあ、真龍さまは蓮花さまがお気に入りですからね。何をしても可愛らしいと思っていらっしゃるんですよ、きっと」

え？　と思いもかけない言葉に蓮花は驚き、小鈴に向き直ってしまった。

「何を驚いてるんですか。真龍さまが蓮花さまをお気に召しているのは、後宮中の噂です」

まさか——と目を丸くする蓮花に小鈴がくすくすと笑う。

「知らなかったんですか？」

「……ええ、だって、いつもいらしても、怖い顔をしているわ」

蓮花のなりを見て、眦を吊り上げて無言で出て行くか、しばらく部屋に居座り威圧していく。昨日は昨日であのとおりだ。

「真龍さまが私を気に入ってるなんてあり得ないわ。目を見て笑ってくださったこともないもの」

昨日のやりとりを思い出して、さすがに気重く応えたが小鈴はかぶりを振る。

「真龍さまが機嫌良く笑うなんて、この城の人間は見たことがありません。真龍さまの普通はああいう顔です」

きっぱりと小鈴は断言する。

「でも蓮花さまのことはとっても気に入ってらっしゃいます。だって毎日顔を見にいらっしゃるんですよ。あの忙しい真龍さまが」

いつもの蓮の花形の茶碗に茶を注ぎながら小鈴は口軽く続ける。

「正直に言うと、真龍さまはあまりここの女性たちをお好きではないみたいなんです。まあお母さまがああいう方でしたから、後宮というもの自体が嫌いなのかもしれません。後宮にいるような女性を信用していないっていうか」

ちょっと眉を寄せて小鈴は似合わない難しい顔をしてみせた。

「適当にものだけを贈って、三月も顔を出さないなんてよくあることなんです。それが蓮花さまのところへは毎日いらっしゃるんですよ。身体がいくつあっても足りない真龍さまが、僅かな時間を縫うようにして必ずここに顔を出されるんですもの。どれほど蓮花さまを可愛らしく思っているか、誰だってわかります」

小鈴はそこで胸の前に手を組んで、目を輝かせる。

「第一これまでそんなこと一度もありませんでした。真龍さまが一日も空けずに、誰かの顔を見に行くなんて」

「……そうなの？」

何と言っていいかわからずに蓮花は口ごもるが、小鈴は大きく頷いた。

「ええ、もう、その噂で城中持ちきりですよ」

小鈴が請け合う。

「まさか、大げさよ……」

いくら小鈴が自信たっぷりでも、にわかには信じられない話だ。

「真龍さまが毎日いらっしゃるのは、私がまだここに慣れないからじゃないかしら。だから様子を見にきてくださっているんじゃない？　違う？」

蓮花のおずおずとした問いに、ぷっと小鈴が噴き出す。

「真龍さまがそんな細かいことを気にする方だと思いますか？」

小鈴が声を低めて蓮花のほうに少し身を乗り出してくる。

「以前に、真龍さまに取り入ろうとした大臣が遠縁の娘を後宮に入れてきたことがあったんです。その人には娘がいなかったから、縁続きと言っても、本当にあるかないかもわからないような縁を辿って無理矢理に」

「まあ。気の毒に……」

思わず呟くと小鈴も大きく頷く。

「はい、ほんとに気の毒なことになりました。都暮らしをしたこともない、山出しの素直さだけが取り柄の娘でしたからね。後宮の暮らしに馴染めなくて、とうとう気が触れてしまったんです」

え？　本当にと目を見開く蓮花に、小鈴が本当にです、と返す。

「夜中に出歩いたり、ついには裸であちこちふらふらするようになって……」

痛ましさに胸を押さえる蓮花に、小鈴も痛々しげな息をつく。

「それでも真龍さまは、特に同情する言葉もなくやっかい払いでもするみたいにその娘をさっさと故郷に戻して、その娘を後宮に入れた大臣を役職から切ったと聞いています。ここに馴染めないなら馴染めないでいい。たとえ女であってもそんな弱い人間に用はない。衣食の面倒は見るけれど、後宮に入ったからにはその覚悟を持ってあとは自分で生きろ――真龍さまはそういう方です」

あまりに真龍の本質を突いた言葉に、蓮花は一言も反論の余地がなく、口を噤《つぐ》むしかない。

「ですから私としてはお側にいる蓮花さまが、真龍さまのお気に入りなのは嬉しい限りです。張り合いがありますから――それより、蓮花さま」

蓮花に茶を勧めて、小鈴は真顔になった。

「少し身の回りに気をつけたほうがいいです」

「身の回りに気をつける……どういうこと？」

やはりこの格好では、いい加減真龍の逆鱗に触れるのだろうか。黙っていても怖いのに、さすがに力で押さえ込まれることを想像すると、足が震える。

思わず髪に挿した花に手を触れた蓮花に小鈴が、違います、と首を横に振る。

「髪飾りをつけるつけないや、新しい衣を着る着ないということは、真龍さまと蓮花さまお二人の間のことですから別にいいのです。そうではなくて……他の方たちのことです」

二人しかいない部屋なのに、小鈴は声を低めた。

「今も言ったように、今この後宮で真龍さまの寵《ちょう》を受けているのは蓮花さまです。後宮どころか城の中で知らない者はいません」

寵愛という言い方は違うと思うけれど、他に上手い言い回しも思いつかず引っかかりながらも蓮花は聞き咎めることができない。

「それを利用しようといろいろな人が近づいて来ます」

小鈴が深刻そうに眉を寄せる。

「……何のために？」

「一つは、蓮花さまに取り入って真龍さまに口を利いてもらおうとする者たちです」

「そんなこと、真龍さまが許すはずないわ」

考えるより先に言葉が口をついた。

――俺が守るのは俺だけだ。

そう言い切った真龍が他人の価値観に動かされるなどあり得ない。

「はい、私もそう思います。真龍さまは無関係の人間が表向きのことに口を出すのをとても嫌っています。臣下の意見さえときに石のように聞く耳持たずで、周囲が辟易《へきえき》してるんですからね」

「そうなの？」

やはりという気持ちで聞き返すと、小鈴が大人びた苦笑を浮かべる。

「ええ、頑固っていうか、王さまだから仕方がないのかもしれませんが、もう少し人の言うことも聞かないといけません。まだ若いんですから……ってみんなそう思ってます」

「でも真龍さまはとても頭がいいのでしょう？　お城の外ではみんながそう言っていたわ。小さいときからとびきりに賢い方だって」

「それはそうですけど、経験は足りませんから」

あっさりと切り返してきた小鈴に蓮花は首を傾げた。

「経験……って？」

「私も難しいことはよくわかりませんけれど、国を動かすことは頭がいいだけじゃどうしようもないこともあるんじゃないですか。これまでのやり方とか、繋がりとか、そういうことは前から居る人に教わらないといけないんですけど、真龍さまはお母さまにさんざん口を出されていたせいか、そういうことを誰彼かまわず毛嫌いなさるみたいで……」

真龍さまの評判が今ひとつなのはそういうのもあります、と小鈴は難しい顔をしてから、ふうと息をついて笑顔になった。

「でも、どちらにしても蓮花さまのその控えめな気性で、真龍さまのやることに口を出すとはとても思えませんけれど」

小鈴はおどけるようにして言ったものの、直ぐに深刻な表情になって続ける。

「私が心配なのは蓮花さまへ嫌がらせをする人たちです」

「嫌がらせって……私は知らない方ばかりよ。喧嘩をしたくてもできないわよ」

後宮の他の女性たちは、麗姫以外とはまだ顔を合わせたこともなく、知りもしない相手に嫌がらせをされる理由など考えられない。

きょとんとする蓮花を見て、小鈴の顔に僅かに呆れた色が走った。

「蓮花さま、相手の好き嫌いなどどうでもいいのです。真龍さまの関心をどれだけ引いているかだけが重要なことなんです。もっとはっきり言うと、真龍さまが何度部屋に訪れたか、それが問題なんです！」

強い口調で決めつけられて蓮花は二の句が継げない。

「これから何があるかわかりません。皆、真龍さまの気を引こうと必死なんですから。新しく来た蓮花さまがあっという間に真龍さまの心を捕らえてしまうなんて、絶対に許せないと思っている人は多いんですよ」

「それは違うわ……ほら、小鈴も聞いたでしょう？　麗姫さまの侍女が私のことを垢抜けないって言ったの」

「あんなの、気にすることありません。麗姫さまの侍女は国元から連れてきた人ばかりなので陽国に馴染めないで意地悪ばかり言うんです」

ふんと小鈴は唇を尖らせるが、蓮花は「ううん」と首を横に振った。

「自分でもそのとおりだと思ったの。私は麗姫さまのように綺麗でもなければ、身分も教養もあるわけではないもの。もの珍しいだけよ。しばらくすれば今みたいに毎日のように私を見にはいらっしゃらなくなると思うわ」

「蓮花さまは本当にこんなところにいるのには向かない方ですよね。何というか、争いごとに慣れていないですし、人を疑うことを知らないんですね」

小鈴が呆れたようにふうっとため息をついたが、蓮花は今のままでいいと思う。

──俺は、誰も信じない。信じたら負けだ。

真龍が肺を絞るようにして吐いた言葉が、今でも耳に残っている。

後宮を住処《すみか》とする者は皆、人をまず疑わなければならないのだろうか。そうでなければ生きていけないのか。

「……疑う必要があるの？」

虚しさがそのまま言葉になる。

「私は、早くに両親を亡くして兄と二人きりで、暮らしぶりは楽ではなかったわ。私を育てながら兄は大変だったと思うの。それでも誰かを恨んだり、憎んだりなんてしなかった。いつだって兄は、私に感謝することを教えてくれたの。だからとっても楽しかったし、幸せだった」

蓮花は少し潤んだ目を窓の外に向けて、自分に言い聞かせる。

兄はそんなことを私に教えなかったから、もし自分がそんなふうになってしまったら兄はとても哀しむだろう。

静かに近づいてきて小鈴が、蓮花の茶を入れ替え、笑いかけてくる。

「蓮花さまほど真っ直ぐな方はこの後宮にはいません。真龍さまはきっとそれが面白くて可愛らしいと思っていらっしゃるのだということは、納得できます……できるだけ私が気をつけますから、蓮花さまはそのままのほうがいいかもしれませんね……そろそろ暗くなりますから燭台《しょくだい》に火を入れておきますね」

てきぱきと部屋に明かりを灯すと、小鈴は用を足しに部屋を出て行った。

扉が閉まって静まり返った部屋で、蓮花は花をかたどった茶碗を手に考え込む。

今日はいつ頃真龍は訪れるだろうか。

物音を感じた気がして扉のほうを振り返るが、空耳だとわかり視線を戻した。

来るとは限らないのだ。

真龍は忙しい人だし、それに昨日の今日では怒りも収まっていないだろう。

来るも来ないも真龍の胸三寸に納められていて、蓮花にはどうしようもない。

もしかしたら今日も、明日も、そして明後日も、この先ずっと真龍は蓮花のところへこない――そう考えたとき、蓮花の心を過ぎったのは、烏瓜の白い花をそっと髪に挿してくれたときの真龍だった。

ふと見せてくれたあの静かな優しさ。

――おまえはこんなふうに本物の花が好きなのか。

蓮花の気持ちを知ろうとしてくれた問いかけ。

真龍さま。

小さく呟く蓮花は、胸の中に冷たい風が吹くのを感じる。

もしこのまま真龍の訪れが途絶えたなら、酷く寂しい。

この後宮に来てから、毎日必ず訪れてくれたのは、蓮花を見張るためだけなのだろうか。

けれど後宮の出入り口や周辺は王付きの兵士で強固に警備されていて、女一人逃亡などできないのは誰の目にもわかる。

ましてや昨日今日来たばかりで城の中さえろくに知らない蓮花が、生きてここを逃げ出すなど不可能だ。

ならば何故真龍は毎日毎日、ここに来て蓮花の顔を見るのだろう。

本当に数分、椅子に座る間さえないこともあるのに。

――身体がいくつあっても足りない真龍さまが、僅かな時間を縫うようにして必ずここに顔を出されるんです。

小鈴が言っていた言葉の裏には、真龍のどんな気持ちが隠されているのだろうか。

蓮花の胸が突然に高鳴る。

今日来てくれたなら、昨日の詫びを言おうか――でも、間違ったことは言っていない。

自分の揺れる頼りない心を持て余していると、不意に扉が開き、蓮花はぱっと立ち上がった。

「真龍さま！」

来てくれたことがうれしくて入り口に小走りに向かおうとした蓮花は、素早く飛び込んで来た薄墨色の袍《ほう》を来た若い男に拘束された。

「何――」

叫ぼうとした唇を大きな手で塞がれ、背後から強い腕で押さえ込まれた蓮花の頬に、懐《かい》剣《けん》が突きつけられる。

「蓮花だな」

必死に体を捩って蓮花は男の顔を見ようとするが、首をしっかりと摑まれて身動きがとれず、男の低い声と尖った顎しかわからない。

「蓮花、直ぐここを出て行け」

ここを出る、何故？

視線を必死に男のほうに向けようとして瞬くと、男が蓮花の頬から首筋に懐剣を滑らせて、その下の浅黄《あさぎ》色の衣の襟を裂く。

小鳥の刺繍された襟がぱさりと切れて、白い胸もとが顕わになった。

「そうだ、出て行くか？　さもなくばここでひと思いに命を失うか」

冗談ではない刃の冷たさが胸を這い、蓮花の心臓が縮み上がる。

「いや、後宮を血で汚すとあとが面倒だ。おまえを攫《さら》って買春窟に売り飛ばしてやってもいいか。後宮から脱走する女はそう珍しくはないしな。逃げたところで捜してもらえるはずもない。自ら出て行くか。売り飛ばされるか。二つに一つ。さあ、どうする？」

今にも喉に銀色の刃が食い込んできそうになり、男の本気を蓮花に伝えてくる。

唾を飲んだその動きだけで、刃がちりっと肌に痛みを与え、蓮花は唇を開けて短い息を継ぐ。

「早く答えろ」

「……何故、私がここを出なければならないのですか……」

「邪魔だからだ」

「邪魔？」

喉元に突きつけられた懐剣で振り向くことができないものの、蓮花は必死に男のほうに視線を向けようとしてしまう。

どうして自分が邪魔なのか？

一体何をしたというのか。

この城に足を踏み入れてからというもの、わけのわからないことばかりが起きる。

「誰が私を邪魔だと言うのですか？　あなたは誰ですか？」

「名乗る馬鹿がいると思うか？　うるさい小娘だな——余計なことは言わずに決めればいいんだ。出て行くとな」

ぐっと強く首を締めつけられ、蓮花は一瞬目の前が暗くなった。

「……駄目」

必死に意識を呼び戻して蓮花は答える。

「私はここにいなくてはいけないのです」

兄のために後宮に勤めることは真龍との約束だ、破ることはできない。

得体の知れない男に拘束されながらも、蓮花にはその約束が大切だった。

「馬鹿な娘だ。穏便にことを済ませてやろうとしたのにな――ならば俺と一緒に行ってもらうしかない」

いや、行くわけにはいかない。

男の拘束からなんとか抜け出そうと、蓮花は首にかかった手にしがみついた。それを振り払おうとした男が目の前にあった紫壇の卓にぶつかり、上に載っていた蓮の花型の茶碗が跳ねるように転がる。

あ、お茶碗！

男の強い力で押さえ込まれて動けない身体を無理矢理捩って、蓮花は茶碗の行方を追いかける。

ずっと大切に使うと真龍さまに約束した茶碗が！

駄目、絶対駄目！

だが、蓮花の願いも虚しく、ごろごろと転がった茶碗はそのまま床に落ち、二つに割れた。

贈った茶碗を目の前で母に割られた幼い真龍の痛みが、蓮花の胸に生々しく感じられる。

我を忘れた蓮花は自分の口に僅かにかかっている男の指に噛みついた。

「うわぁ――、痛い――何をする、この小娘」

「お茶碗、私の、私の――、真龍さまからのお茶碗が――」

叫んだ蓮花の白い喉をすーっと懐剣が這った。

「おとなしくしないと次は抉るぞ」

刃物が肌を這ったひりひりする感触に蓮花はすくみ上がって身体が硬直したが、いきなり目の前に突き出てきた大きな手が蓮花に突きつけられていた懐剣の刃先を素手で握り取り、次の瞬間うめき声を上げたのは男のほうだった。

「何を抉る？　言ってみろ」

怒気を孕んだ声に、男の拘束が解けた蓮花が振り返ると、いつの間に入ってきたのか真龍が懐剣を握ったまま、男の首を逞しい腕で締めつけていた。

懐剣を握った手から細く血が流れるのに顔色一つ変えず、真龍はぎりぎりと男の喉に力をかける。

「真龍さま！」

驚きと、安堵、そして新たな心配で声が震える蓮花に、真龍が僅かに表情を揺らしたように見えたが、眦を吊り上げたまま男に視線を据える。

「おまえ、何者だ」

若い男は無言でただ真龍を見返し無表情を貫こうとするが、その目には明らかな怯えがあった。

「この後宮に入り込め、あまつさえ女の部屋まで無傷で来られるとはただ者ではないだろう。誰が手引きした」

落ちる寸前まで締めつける真龍の腕に、男の顔色がどす黒く変わる。

「言え、俺は自分のものに手を出されて笑っているような間抜けではない。おまえの口から答えを引き出すまではおまえを解放しない。言え」

締めつける腕の力が強まり、男の顔から苦痛の表情さえ消える。

「このまま死ねると思うなよ、そんな楽をさせてやるわけがない」

真龍がぱっと腕の力を弱めると、男の喉が喘ぐように上下する。

「王の宝に傷をつけた礼はたっぷりとしてもらう。言え、おまえをここに引き込んだのは誰だ」

奪った懐剣を握り直した真龍が男の頬にすーっと刃を走らせると、浅黒い皮膚がぱっくりと割れて、血が流れた。

「時間をかければかけるだけ、おまえの身体が寸刻《すんきざ》みになるぞ」

冗談の欠片もない調子に、男がふっと一度瞬きをしたと思うと奇妙な呻きを上げ、顔を引きつらせ、四肢が痙攣し始める。

その奇妙な怖ろしさに蓮花は思わず口を押さえたが、「毒を仕込んでいたか」と眉を僅かに寄せただけで真龍は床に男を投げ出した。

「一応、失敗したときの身の処し方は仕込まれていたようだな」

吐き捨てた真龍は庭に出入りする扉を開け、四方に響く大きな声を放つ。

「鼠を捨てておけ」

真龍の一声にどこからともなく王付きの兵士が現れ、床でこときれた男を抱えてまた素早く姿を消していく。

「……真龍さま、手が……」

まるで何事もなかったように静まり返った部屋の中、手の傷から血を流したままで真龍は蓮花を腕の中に抱え込んだ。

「真龍さま……私……お茶碗を……ごめんなさい」

「何を言っている。そんなものはどうでもいい」

抱きしめてきた真龍の強い鼓動に、急に恐怖が押し寄せてきた蓮花は広く強い胸に顔を埋める。

幼い頃は兄が寂しがる蓮花をこうして慰めたり、温めたりしてくれた。大人になるにつれて当然のように肌の触れ合いはなくなっていったけれど、包み込んでくれる肌の熱はその頃を思い出させ、蓮花の怯えを綺麗にぬぐい去った。

「真龍さま、私、お茶碗を割ってしまいました」

ようやく気持ちが静まった蓮花が腕に抱えられたまま顔を上げると、見下ろしてくる真龍の目とまともに視線が合った。

「何をおまえはさっきから茶碗茶碗と言っているんだ。死にかけたというのに」

眉を寄せる真龍に蓮花は詫びる。

「あの蓮の花のお茶碗をいただいたとき、絶対に割らないと約束しました。なのにこんなに早く割ってしまって……本当に……ごめんなさい……」

言いながら涙が溢れてきた。

あれほど真龍に約束したのに、どうして茶碗を守れなかったのか。あれはただの茶碗ではなく、真龍の心そのものなのに――。

真龍の口から語られた、母との惨《むご》く哀しい思い出は蓮花を激しく揺さぶった。

あのとき、真龍の手から毟り取るように茶碗を受け取ったのは、真龍の心を守るためだった。

真龍の母が割ったのは茶碗ではなく、息子の心だ。

真龍の心は幼い頃に母の手に砕かれてしまっていたのだと、蓮花はあのとき知った。

蓮花にくれたあの茶碗は真龍の傷ついてしまった魂だと蓮花はわかっていたのに――だから、絶対に割らないと約束したのに。

「本当にごめんなさい。本当に――」

「おまえは、馬鹿か」

蓮花を抱きしめたまま真龍が長い吐息を吐いた。

「茶碗など、ただのものだ。おまえが無事ならそれでいいだろう。大事なのは人だ」

真龍らしくない言葉のような気がして蓮花はふっと目を見張ったが、真龍は蓮花の身体を守るように手を離さない。

「直ぐ、薬師に見せよう。おまえの肌に跡が残ってはたまらない」

「……私は大丈夫です。それより真龍さまの傷の手当てを」

だが血を流していた真龍の手を気遣う蓮花の声は聞き流されてしまう。真龍は蓮花の胸につけられた、血が流れてもいない薄い傷に触れてあからさまに顔をしかめた。


薬師が全ての手当てを終えて部屋から出て行くと、真龍はまた蓮花を腕の中に引き寄せる。

「もう大丈夫です。真龍さま」

あまりに大げさな気がする。そう言っても真龍は蓮花をいっそう引き寄せるだけで、諦めて蓮花はおとなしく真龍の胸に凭れた。

「……真龍さま、聞いてもよろしいでしょうか」

しっかりと打つ胸の鼓動に身体中に安堵が広がってくるのを感じながら、蓮花は真龍を見あげた。

「何だ？」

「あの男は何者だったのでしょうか……私にここを出て行くようにと言ったのです」

「理由は言っていたか」

「いいえ。ただ邪魔だからと」

ぎゅうと蓮花の肩を抱いた真龍がまた吐息を吐く。

「蓮花、後宮ではおまえには難しい駆け引きが渦を巻いている。おまえが考えるほど人は単純ではない」

「真龍さま……それはつまり、この後宮で私を目障《めざわ》りだと思う人がいるということなのですか？」

それには答えず真龍は何かを考えるように蓮花の髪を撫で下ろす。

「真龍さま、私は他の人に恨まれるようなことをした覚えなどありません。何かの間違いではないのですか」

食い下がった蓮花に真龍は苦い笑いを零す。

「後宮の女は思わぬことで力を持てる。王の権力が自分の権力にすり替わる場所だ。だから恨まれ嫉《そね》まれる」

真龍の視線が何かを思い出すように遠くの一点を見つめる。

「前に……俺を産んだ女の話をしただろう」

「……はい」

遠慮がちに答えると、ふんと真龍が失笑めいた声を漏らす。

「城下でも噂になるほど有名な話なんだろう？　あの毒婦のことは」

母親のことを他人めいた悪口でしか語れない真龍の心中が痛ましく、蓮花は何も言えずにただ聞くことしかできない。

「俺を産み捨てて見放しておきながら、俺が権力を得たとたんに手のひらを返してすり寄ってきた。何が親だ。親らしいことなど何もしてくれたことはないというのに」

真龍は自ら母に縛られてきた無情を吐き捨てる。

「俺が母親を裏切ったと他人は言うが、一番裏切られたのは俺だ。幼い頃から何度も煮え湯を飲まされているのに、最後まで信じようとして――あのさまだった」

自分を嘲うように、真龍は乾いた笑い声を立てた。

聞く者の心を内側からかきむしるような哀しい笑い声が、真龍から聞いた初めての笑いであることに蓮花は胸が詰まる。

「真龍さま……私は……真龍さまを裏切ったりしません。そうお約束しました」

蓮花は真龍の厚い胸に両手を当てて、その心臓の鼓動に誓うように呟く。

「私は何も欲しくありません。真龍さまの権力など要らないのです。ただ静かに暮らしたいだけです」

「そうだな。俺もそう願いたい。俺は後宮のどの女にも権力など与えるつもりなどない。だが……そう思わない者もいる。だからおまえを邪魔にする」

蓮花は二人の前に置かれた卓の上にある、割れた茶碗の残骸を摘み上げた。

「壊れてしまったらそれまでのこと。また新しいのを作らせるだけだ」

「真龍さま……」

「俺にとってはただのものだ。おまえにもそうだろう」

その言葉に蓮花は思わず首を横に振る。

あのとき、男の懐剣を払ってでも茶碗を守りたかったのは、それが「ただのもの」ではなかったからだ。

「私には大切なものでした……真龍さまの心が詰まっていましたから」

「そうか？　俺からのものは何もかも気に入らないのかと思っていたが」

「いいえ……私はただ……自分の身の丈に合わないものが苦手なだけです。でも、このお茶碗は手離してはいけないと、そう思ったのです」

蓮花がいつまでも触れていた茶碗の欠片を手から取り上げると、真龍は卓の上に置いた。

「俺は言葉が苦手だ――こい」

返事をする間もなくそのままふわりと抱え上げられ、蓮花は几帳の奥の寝台へと誘われる。

「真龍さま……あの」

「俺にいやだの、待ってくれだのはない」

腰の飾り帯をするりと片手で解いて蓮花の白い肌を晒す。

「それとも傷が痛むか」

傷跡に唇が這わされて蓮花は甘い痛みに身を竦める。

「……いいえ……私は大丈夫です。ただ……」

細い指で蓮花は白い巾を巻き付けた真龍の手に触れた。

「真龍さまの傷が心配です」

「片手だけでは、おまえを抱けないと思うのか？」

鋭い目が笑うように見えたのは、光の加減のせいだろうか。

蓮花がついと真龍の目もとに手を伸ばすと、その手を巾を巻いていないほうの手で押さえられた。

「心配しなくても、ちゃんと抱いてやる。いい声で啼けよ」

天蓋の紗が下りていても、燭台でゆらめく明かりが寝台を照らす。

「この衣はもう使えないな、あの鼠は許せないが一つだけ役に立つことをしてくれた。新しいのを買ってやる」

胸もとを切り裂かれた衣が床に投げ捨てられて、ゆれる光の中に蓮花の白い裸体が浮き上がる。

「もう少し食べろ。華奢すぎる」

そう言った唇が答えようとした蓮花の唇に重なる。

言いたいことを言っただけなのか。

私の答えも聞いて欲しいのに。

もっと真龍さまとお話をしてみたい。

さっきの男は何者なのか。

真龍さまはあの男に心当たりがあるのか。

お茶碗のことも――怒ってないのか。

問いかけたくて開いた唇の間から熱い舌が入り込んできて、蓮花の小さな舌を絡め取る。

「ん……っ」

触れ合う舌から真龍の熱が身体の中に流れ込み、蓮花の体温を徐々に上げていく。

慣れた動きで小さな舌を思うさまに弄られ、ついてこいとばかりに強く吸い上げられた。

「あ……っん……」

真龍の中に溶け込んでしまうような強烈な甘い痛みが、小さな舌の先から喉の奥を通じて、下腹へと伝わっていく。

「少しは慣れたか」

唇から舌をとろりと抜いて、濡れた唇を舐めた真龍が、その舌でまた蓮花の喉の窪《くぼ》みをちろちろと辿り始めた。

「ふ……ぁ……」

生き物のような舌先はしばらく蓮花の喉の窪みをからかっていたが、それにも飽きたようにするりと柔らかい乳房へと下りていく。

「……あ……ふ……」

外気に触れ、すでにつんと可愛らしく顔を覗かせていた桃色の乳首は、真龍の唇が近づいたことを予感して震えた。

「ずいぶんと覚えがいいな、蓮花。仕込み甲斐がある」

「……ふ……ぁ」

乳房に吹きかかる真龍の息で、また背中にじわりと甘い痺れが駆け抜けた。

まだ触れられてもいないのに、乳首がいっそう硬く、乳房が張ってきたのがわかり、蓮花は困惑する。

まるで真龍さまに触られたいみたいな――。

その羞恥の混じる困惑の答えは直ぐに真龍の唇が教えてくれる。

つんと尖った乳首を真龍の唇にはまれた瞬間、蓮花の身体は何かを感じるより先に激しく撓り、そのあとに遅れて鋭い快感が追いかけてきた。

「あ――」

抑えきれない声が零れた。

自分の耳にもはしたないほど大きな声に蓮花は両手で口を塞いだが、直ぐに真龍に手を奪われた。

「聞かせろ。おまえの全ては俺のものだ。啼き声も勝手に堪えることは許さん」

「あ……」

「王の小鳥は囀《さえず》るのが勤めだ」

寝台を覆った絹に頬をつけ、せめて蓮花は声を少しでも絹に吸わせようとする。

だが真龍の唇が乳首を挟んで、舌で転がし始めると、自分でも恥ずかしいほど声が零れてしまう。

髪の毛の先までがぴりぴりと震えて、身体中を真龍の舌が這っているように感じてしまう。

「ん……はぁ……ぁ」

何故こんな小さな胸の先が、身体中を支配してしまうのだろう。

さっきまで真龍に言葉で話したいことがたくさんあったはずなのに、今はもう真龍に触れてもらうことで頭がいっぱいになってしまった。

「いや……真龍さま……はぁ……」

「いや」

胸の上から余裕のある低い声がする。

「王に向かって、いやとはいい度胸だな。蓮花。可愛い顔をしてそこまで言うのは後宮でもおまえ一人だ。気に食わんな」

「……違います……あ――っ、いや」

かりりと噛まれた乳首から伝わる、肌の下をくすぐられるようなむず痒い痛みは、奇妙な快感を膨らませてあられもなく蓮花をのけぞらせる。

「いやなどと二度と言えなくしてやろう、蓮花。もっとしてくれと啼いて俺に可愛く縋るようにしてやる」

真龍の声がすーっと遠ざかったと思うと、大きな手が蓮花の腰を持ち上げてきた。そのまま膝を掬って足を割る。

「……あ」

――王の徴をつける。

後宮に初めて囚われた夜に取らされたのと同じ、恥ずかしく切ない姿勢に声が漏れるが、蓮花は目を閉じて耐える。

真龍には逆らえない。

けれど次の瞬間蓮花は、思わず飛び起きようとした。

「真龍さま！　何を！」

足の間に顔を埋めてきた感触に足をばたつかせたが、真龍の片手であっさりと押さえられる。

「手を使えなければ舌を使うしかない。方法はいくらでもある。おまえはただ可愛らしく歌えばいい」

舌を使う……？

意味がわからないけれど、何か今までとは違う自分ではどうしようもできないことが起きそうな気がした。

蓮花の羞恥と惑いを楽しむように真龍の目が細められ、蓮花は揺らめく蝋燭の明かりの中で身体中が染まる。

暴かれた身体の奥の花が妖しい光に晒される。

「あ……真龍さま……」

縋るように呟いた声は真龍に届いたのかもわからないまま、寝台の絹の上に滑り落ちていく。

真龍の前に隠すことなく開かれた花弁に温かいものが触れる。

「ん——ぁ」

物慣れない蓮花にはそれが何かわからない。ただ指ではないことだけがかろうじてわかるだけだ。

温かく濡れたそれが蓮花の花びらを割り広げ、ぬるぬると刺激し始めて、蓮花はやっとそれが真龍の舌だと気がつく。

「真龍さま！　やめてください！　いや！」

逃れようとした身体を難なく押さえられて、また濡れた舌が花びらを舐める。

「あ——真龍さま、そんな——こと……しないで……いや」

だが蓮花の懇願など聞くことなく、真龍の舌先が花びらの奥を容赦なく暴き出し、花芽を捕らえた。

「あ……んぁ」

激しい羞恥と困惑、そして味わったことのない痺れが背筋から頭の頂点に抜けていった。

熱い舌が快楽の全てを集めた花芽をつついて、舐《ねぶ》り、舌先でこね上げる。

逃れようとした身体の力が抜けて、閉じようとした足がしどけなく崩れていく。

抗っていた声は、いつしか真龍の命じた囀りに代わる。

「はぁ……んぁ……真龍さま……ぁ……」

身体の奥から熱い蜜が溢れ、内腿を濡らす。

真龍の舌が動くたびに、ぬちゃぬちゃと水音がして、自分の身体がつま先から蕩けていく。

こんなふうに淫らに激しく蕩かされ続けたら、きっと自分は蜂蜜色の甘い雫になってここからいなくなってしまう。

「……はぁ……あ、真龍さま……ぁ、怖い……」

蓮花の未熟な身体では、真龍から与えられる快楽は強すぎて受け止めきれない。

この先に何があるのか、自分の身体がどうなってしまうのか。

花芽をきゅっと吸い上げられた蓮花は、背中を折れるほどに撓らせ、喘いだ。

「あ……ぁ、ん……ぁ」

細い腕を伸ばして蓮花は真龍の髪に触れて、助けを求める。

「真龍さま……私……怖い、ぁふぁ……助けて、私、怖いんです……ぁ」

伸ばした手をかいくぐるように片手で腰を摑まれ、真龍がくるりと体勢を入れ替えてきた。

「……真龍さま……ぁ」

あっという間に熱い身体を持ち上げられ、寝台の背に凭《もた》れて座った真龍の上に、向かい合わせに乗せられる。

「小憎らしいことばかり言うかと思えば、可愛いことも言えるんだな——俺に摑まれ、蓮花。助けてやる」

請け合った真龍が自分の身体を蓮花の両足で挟み込ませ、腕を肩越しに背中に回させた。

「腰を上げろ」

「ん……ぁ」

細い胴を支えられて促され、真龍の逞しい肩に摑まった蓮花は腰を持ち上げる。

「十分ほぐれたか」

舐め溶かされた花びらの奥を背後から真龍の指がまさぐる。

「はぁ……」

ぐちゅぐちゅと濡れた音を立てて、指が奥の蜜口の襞をなぞる。

柔らかい襞をぐるりと指が辿ると、蜜を垂らしていた花筒がひくひくとうごめいた。

「ん……はぁ」

「もう、欲しがっているのか」

蓮花の喉を軽く噛みながら真龍が花筒に指を挿し入れる。

「っぁ……」

そのつもりはないのに、蓮花の筒襞が自分から収縮して、含まされた指に絡みついた。

「足りないようだな」

もう一本指がぐじゅっと音を立てて入り込み、軽い圧迫感と痺れが腰の辺りに溜まるが、それも直ぐに身体を熱くする熱に代わり、花筒がうごめき始めた。

「おまえのここは、おまえの頭よりうんと利口で正直だ」

中で真龍の指が抜き差しされ、ときどき襞を広げるように動く。

「あ……ぁ……ふぁ……」

蓮花の細い腰が溜まってくる熱をはき出そうと焦れ、真龍の腹の上で闇雲に捩れた。

「真龍さま……ぁ、燃えてしまいます……」

肩に回していた手でしっかりと真龍に縋りつき、蓮花は熱を伝えるように身体をこすりつける。

「熱いか？　蓮花」

思うさま片手で蓮花の花を弄ぶ真龍に、蓮花は短く喘ぎながら頷く。

「……はぁ……ぁ、あ、熱い……真龍さま……ぁ」

片手で蓮花を抱えたまま真龍が自分の長衣の前を素早く寛げる。

「思う存分、燃えてしまえ、蓮花。今日のおまえはなかなか可愛らしい」

蓮花の腰を抱えた真龍が、自分の身体の上に蓮花をゆっくりと下ろしていく。

「あ――、あ」

蓮花の花筒の中にぐっと熱の塊が入り込んできた。

指とは比べものにならない質量が途方もない圧迫感を与えてくる。

「ぁ――ぁ、真龍さま」

硬い雄を埋め込まれる衝撃にのけぞった喉に、真龍の唇が当てられた。

「息を吐け、蓮花。俺に摑まれ」

焼け焦げそうなくらい熱い肌を真龍に押しつけるようにして蓮花はその首に縋り、胸を真龍の硬い胸にすりつける。

「はぁ……ぁ」

細く息を吐くと、真龍のそそり立つ熱がさらに奥へと入り込んできた。

「あ――、あ……ふぁ……」

まだ幼い花筒に、真龍の雄は大きすぎて熱すぎ、吸う息が押し戻される。

ぐじゅっと水音を立て、蓮花の未熟な身体を拓いて抉りたてる真龍の雄は、やがて隙間もなくみっちりと蓮花の中に収まった。

「はぁ……ぁ……」

強烈な圧迫感に馴染むと、指の先まで真龍のものになったような不思議な陶酔が広がる。

その思いに呼応するかのように花筒が自ら呼吸を始め、真龍の雄に絡みついた。

「あ……ん……ぁ」

筒襞が硬い熱に纏わり付いて、引き絞ろうと震えている。

「ふぁ……ぁ」

身体の中にある真龍の雄に最奥を突かれ、何も考えられなくなる。

「あ……ぁ……んっ」

いつのまにか蓮花は真龍の首に絡めた腕に力を入れ、無意識の内に腰を拙《つたな》く動かしていた。

花筒から広がってくる不思議な微酔をもっと深くして、爪の先まで伝えたい。

「贅沢は嫌いだと言いながら、もっと欲しがっているのは誰だ」

「ん……ぁ」

耳朶を柔らかく噛みながら面白そうに意地悪く囁く真龍の言葉の意味がもうわからない。

「真龍さま……ぁ……」

助けてくれるって言ったのに。

お願い、助けて——。

口にできない懇願を肌の熱で伝えるしかなく、蓮花は真龍の胸にしがみついた。

「真龍さま……ん……んっ……」

何も知らなかった子猫が初めて春の盛りにさしかかったような、まだ幼いのにどこか艶のある声が漏れる。無垢な可憐さの中に大人の女としての色香が混じり始めた蓮花の様子は、真龍の雄の欲を煽り立てた。

「そろそろ頃合いか、蓮花」

蓮花の腰を抱え直した真龍がぐっと一度腰を突き上げてきた。

「あ――」

脳まで焼き切れる熱が背筋を伝って、指の先へと駆け抜ける。

真龍の腕に抱えられたままのけぞる蓮花の腰を抱き寄せ、更に花筒を抉ってくる。

「ん――ぁ」

部屋中に響く水音を立てて、硬い雄に花筒が擦られ、胸の奥まで真龍が入り込んで来る感覚に襲われる。

真龍の熱い雄に擦られるたびに、身体中が征服される。

「真龍さま……ぁ……ふぁ……」

身体の奥でうごめく圧迫感が快感に代わり、蓮花の襞がよりいっそうの熱を得ようとして雄に絡みつき締めつけていく。

「食え、蓮花」

真龍が更に腰を突き上げて蓮花の花筒を抉りたてる。

自分が真龍を食べているのではなくて、真龍が自分を全部食べてしまうのだ。

繋がった場所から身体も、心も、全部真龍のものになる。

真龍に縋り、高く声を上げながら、蓮花は初めて大人の女としての絶頂を迎える。

「あ――、真龍さま、あ――ぁ――」

身体中がばらばらになって、解けてしまう。

真龍の楔に止められている場所だけが、蓮花の全て。

「真龍さま——真龍さま」

身体の中に埋め込まれた雄を激しく引き絞り、蓮花は真龍の名を呼んだ。

「蓮花、おまえは可愛らしい」

喘ぐ身体を抱きしめた真龍が低い声で囁くのが微かに聞こえてくる。

「俺を裏切らないと、もう一度誓え」

「真龍さま……」

「誓えばいつもおまえを守ってやろう。今日のような怖い思いはさせない。いつでも俺の言うことを聞いてさえいればいい」

まだ花筒を塞ぐ硬い雄に揺さぶられ、繋がった場所から蜜が零れて真龍の下肢までぐっしょりと濡らす。

「誓えばいつでも可愛がってやる。舐めて、弄って、欲しいだけ入れて啼かせてやる」

再び腰を送り込まれ花筒を甘く擦られると、残っていた火種が燃え上がって身体が反応する。

「ん……ぁ……」

乳房が張って、桃色の乳首がつんと立ち上がったところを真龍がかりりと嚙んだ。

「ん——痛い」

「嘘をつけ。下の花が喜んでひくついたぞ」

繋がった場所を指で辿られて、蓮花は羞恥に喘ぐ。

「誓え、蓮花。身も心も俺に捧げると誓え」

「——ここに来たときから——私は——真龍さまのもの——あ」

「そうだ。決して裏切るな、俺だけを見ていればいい。おまえは永遠に俺のものだ」

何故か子どもじみた安堵の色が真龍の声に混じり、同時に花筒が激しく抉られる。

「あ……ん……ぁ」

しっかりとしがみついていないと膝の上から滑り落ちそうなほど、真龍の雄が身体の奥をついてきて、蓮花は再びの頂点に押しやられた。

急激に追いやられた二度目の快楽に意識が消えていきかけたとき、蓮花は自分の最奥に高い熱を感じ、真龍もまた極めたことをおぼろげに知った。

八．菊重ねの夜

　後宮に来てもうそろそろ二月《ふたつき》になろうとしていることに、蓮花は庭に咲く花を見て気がついた。秋の菊が咲く準備を始めている。

　毎日が流れる水のように留まることなく、そして突風のように自分を取り残して吹きすぎていく。

　蓮花はあっという間に過ぎてしまった日々を思い返し、内庭の花を一つ一つ確かめながらそぞろ歩く。

　来たばかりの頃は部屋の中からしか見る余裕がなかったが、今は気晴らしもかねて庭を歩く許しを真龍から得ていた。

　堅真と暮らしていた頃は機織りの仕事に疲れてしまい寝坊をすることもあったけれど、ここに来てからはちょっとした物音でも目が覚める。特にあの妙な男が忍び込んできてからなおさらだ。

星が瞬いている時間に起きてしまい、寝付けないこともある。

真龍が側にいると無言のまま、びくりと起きた蓮花を胸に引き寄せてくれ、蓮花はまた温かい眠りに落ちていくのが常になっている。言うことは厳しく、表情も冷たいけれど、真龍の肌はとても温かい。

青銅の龍の肌が温かいなんて、不思議な気がするけれど、やはり一人の人だということを教えてくれる温かみだ。あの肌の下にはやはり心があるに違いない。

真龍の心の内をたぐり寄せながら庭路を辿っていた蓮花は、堅牢な石塀に押しつぶされるように咲く赤い鳳仙花を見つけ小さな声を上げた。

この季節だともう終わりの花だ。

名残の儚《はかな》さを漂わせる一枝に蓮花は駆け寄り、懐かしさに手折《たお》った。

まだこの石塀の向こうにいた頃、この花をたくさん摘んだことを思い出す。

もう二度と戻ることはできないけれど、外の気配を運んでくれる鳳仙花を手に蓮花は部屋に戻る。

「どうしたんですか？　その花？」

部屋の中で茶の用意をしていた小鈴が蓮花が手にした鳳仙花に目を留める。

「塀の側に咲いていたの。髪に挿そうかと思って」

うきうきと答える蓮花に小鈴が少しだけ呆れた顔をする。

「ここには後宮中でも使い切れないぐらい簪があるのですけれど」

そう言いながらも鳳仙花を受け取った小鈴は手早く葉数を落として、姿形を整えた。

「どうぞ、蓮花さま、鏡台の前に座ってください」

言われたとおりに鏡台の前に座った蓮花の髪に、小鈴が形を整えた鳳仙花を挿した。

「蓮花さまが簪を使わないので、真龍さまも近頃は贈ってくださいませんね」

残念そうな小鈴の口調に蓮花は微笑みで返す。

小鈴の言うように、簪もそして衣も新しい贈り物はぴたりとやんだ。

素直な気持ちで言えば、蓮花は兄が初めて買ってくれた桃染めの襦裙が忘れられない。

兄が自分の形見にしなければならなかった白い小菊が瞼の裏に焼き付いている。

真龍から何を与えられても、蓮花にはあの衣と簪を思い出さずにはいられなかった。真龍が母に受け取ってもらえなかった茶碗のことを忘れられないように、自分は兄から受け取った衣を忘れられない。

違っているようで、本当はとても似ている表裏一体の感情なのだけれど、真龍にわかってもらうことはできないだろう。

――決して裏切るな、俺だけを見ていればいい。おまえは永遠に俺のものだ。

けれど激しく蓮花を抱いた真龍のあの熱の高い言葉を思い出せば、蓮花のこの気持ちを口に出すことなどできない。

兄を思うことは妹として当然だとしか蓮花には考えられないが、真龍は許さないだろう。

真龍は、とても難しい人。

誰も逆らうことのできない王という立場にありながら、後宮の女にすぎない自分にあれほど切羽詰まった誓いを求めてきた真龍の満たされていない心に蓮花は切なさで息が詰まる。

怖くて、熱くて——何故か、寄り添ってあげたいとも思う。

兄に対する思いとは違うこの気持ちは何なのだろう。

鏡に映る自分の顔に戸惑いを見つけた蓮花は、鏡の前を離れ、窓際の椅子に腰を下ろした。

庭の花々や完璧に剪定《せんてい》された木々の間にちらりと人影が見えた気がして、蓮花は窓に手を当てる。

あの事件があってから、物音が気になったり、ただの木陰が人に見えたりする。

「蓮花さま？　どうかしましたか」

茶を入れた碗を卓に置いた小鈴に問われた蓮花は、心配させまいと、姿勢を正して笑顔を作る。

「ううん、そろそろ菊が咲くのねと思っただけ。さっき庭を歩いていたら、ずいぶん蕾がついていたわ」

庭には大輪から小菊までさまざまな菊が植えられている。

「ええ、ええ、見事ですよ。菊が咲けば重陽《ちょうよう》の節句ですね。お城ではお祝い事の準備で忙しいです」

「重陽の節句……それは何？」

聞き慣れない言葉に尋ねると、小鈴がかいつまんで教えてくれる。

「城の外ではあまり大きなお祝い事になっていないんですけれど、代々お城の中では重要なお祝い事なんです。九月九日に菊の花のお酒を飲んだり、絹袋に入れた茱萸《ぐみ》を身体につけて長生きをお祈りしたりするんです」

菊見もかねて管弦《かんげん》の宴《うたげ》もあり、それはそれは賑やかだと小鈴はうきうきした顔を見せる。

「後宮の方たちもみんな、節句にあわせていろいろ工夫なさいます」

蓮花さまはどうしますか、と聞かれても重陽の節句という催しを今初めて聞いた蓮花は首を傾げて小鈴を見返す。

「初めてですからね、わかりませんね」

急いてしまったことを照れるように小鈴は顔を赤くした。

「重陽の節句には真龍さまが後宮にも必ず顔を出されるので、誰のところに長居をなさるかっていうので、皆さん必死なんですよ」

小鈴が面白そうな口調になる。

「上から下まで新調したもので着飾って、お酒や食事も珍しいものを用意して、真龍さまを一晩引き留めるのに大騒ぎ。節句の夜にお泊まりがあった人は後宮で大きな顔ができますからねえ。昨年は麗姫さまのところにお泊まりだったんですけれど、今年はどうなんでしょうか」

ふうと息をついた小鈴に、聞いているだけで蓮花も目眩がしそうだ。

いちいち何事も張り合う気風らしいここの暮らしはよくわからない。

蓮花にとってお祭りは楽しむためのもので、誰かと競うものではなかった。

第一、麗姫のような後ろ盾がない蓮花では何を用意しようもない。

もし堅真が側にいれば、美味しい菓子を作ってくれたろうけれど——その兄は城の厨房を追われ、自分が代わりにここにいるのだ。それを忘れないようにしなければ。

「その日はきっと菊が咲くんでしょう？　髪飾りにしてもいいかしら？」

「それだけでいいんですか？」

「十分」

にこっと笑ってみせると、小鈴が何かを思いついた顔をした。

「厨房に言ってお菓子とお酒を分けてもらいましょうか」

「そんなことができるの？」

首を傾げると小鈴が自信ありげに頷く。

「はい、大丈夫だと思います。だって――蓮花さまは真龍さまのお気に入りですから」

え？　と蓮花は思いもかけないことを言われて声を上げてしまった。

「何を驚いているんですか。この前も言いましたけれど本当のことですよ。蓮花さまが後宮で一、二を争うぐらいに真龍さまのお気に入りなのは。城中では皆知っていて、もう当たり前みたいに思っています」

「……まさか」

「いいえ。あの真龍さまが毎日、蓮花さまの顔を見にいらっしゃるんですよ。気に入っていなければ何なんでしょうか」

からかうような小鈴の言葉に蓮花は素直に頷くわけにはいかなかった。

あの騒ぎのあとから真龍は、毎日欠かさずどころか日に何度も蓮花の様子を見にやってくる。

――誓えばいつもおまえを守ってやろう。今日のような怖い思いはさせない。

あの日、真龍の口から出た言葉は間違いなく守られている。

忙しい合間を縫い、ほんの僅かの時間を作ってでも、蓮花の様子を見に来てくれるのは、あの約束のせいに違いない。

自分を気に入ってくれているわけではないだろうが、王として口から出した約束は守ってくれていることに、真龍が心を失った青銅の龍ではないことを感じる。

「……私のことを気に入っているわけじゃないと思うわ……ただ、優しい方かもしれないとは思うけれど」

ぎょっとした小鈴は、手にしていた画琺瑯《がほうろう》の香炉を取り落とすところだった。

「……やっぱり、蓮花さまって変わってますね」

小鈴がとんでもなく珍しい者を見る視線になる。

「この城にはたくさんの人がいますけれど、真龍さまを優しいと言う人には会ったことがありません」

きっぱりと言われて蓮花は答えに詰まる。

確かに小鈴の言うとおりだとは思うけれど、蓮花に誓いを求めてきたときの声音に微かに滲んでいた懇願の色を忘れることができない。

真龍はもしかしたらとても寂しい人のような気がする。あの冷たさは寂しさの裏返しかもしれない。

「でも蓮花さまがそういう方だからこそ、真龍さまがお気に召したのですね」

蓮花の答えを待つことなく、小鈴は自分で納得したらしく、頷きながら香炉に火を入れて、香りを燻《くゆ》らせ始める。

「蓮花さまが真龍さまのお気に入りのおかげで、私もとっても楽です」

小鈴は自分の手柄のように、ちょっと胸を張って鼻をうごめかす。

「楽って……何か関係があるの」

「おおありです」

小鈴が大げさに頷く。

「重たい水差しを持って廊下を歩くときだって先に通してもらえますし、蓮花さまにお届けすると言えばどんなに厨房がごった返していても、お茶もお菓子もさっさと用意をしてもらえます。だからお節句のお菓子も頼めば内緒で調達してくれるはずです」

まさか——と蓮花が丸い目を丸くするに、小鈴は面白そうな顔をする。

「嘘じゃないですよ。真龍さま大のお気に入りの蓮花さまのご機嫌を損ねたい人なんていませんから」

小鈴はいかにも嬉しそうだが、蓮花はざわっとして身体を両手で抱えた。

何の力もない自分が真龍の威光で特別に扱われるのは間違っているとしか思えない。

——蓮花、直ぐここを出て行け。邪魔だ。

懐剣を突きつけられたときの恐怖が甦ってくる。

自分のあずかり知らないところで、何か大変なことに巻き込まれているような気がする。

「真龍さまが王さまだからって、私まで偉いわけじゃないわ。そういうのはよくないと思うの……まるで」

まるで、真龍の母のようではないか。

これぐらいいいだろう、このくらいなら大丈夫だろう。そう思っている内にいつしか真龍に本当に疎まれる存在になってしまうのではないか。

「庭に菊が咲くならそれで十分。お茶もお菓子も、要らないわ。小鈴も順番を守ってね」

そんな言い方しかできない自分が歯がゆいけれど小鈴には伝わったようだった。

「蓮花さまは本当に変わった方です。真龍さまの威光を笠に何でもできるのに何もしようとしないどころか、遠慮するなんて」

もったいない、と小鈴は大げさなため息をついたものの、扉が開いた気配に直ぐに口を噤み、くるりと振り返って深々と腰を折った。

「真龍さま、お運びいただきありがとうございます」

それだけを言うと、小鈴は真龍の返事を待たず、心得たように香炉を鏡台の上に置き、すーっと足音も立てずに部屋を出て行った。

次に戻ってくるのは蓮花が呼び鈴《りん》で呼ぶときか、真龍が部屋を出るときに、眠ってしまっている蓮花の面倒を見るように言いつけるときだけだ。

「真龍さま、おいでいただきありがとうございます」

すでに立ち上がっていた蓮花も同じように挨拶をして頭を下げたが、ぐいっと腰を抱えられて胸の中に引き寄せられる。

「他にないのか？」

「……他に？」

「女にしか言えない気の利いた台詞があるだろう」

「あ……」

女にしか言えない言葉とは何だろうか。

蓮花が一点を見つめて考えていると、真龍が顔をしかめて蓮花の唇を捻った。

「もういい、おまえは相変わらず愚かだ。おまえの頭は髪を結うためだけについているのか」

「……申し訳ありません」

意味がわからないが、とりあえず詫びる蓮花に真龍は奇妙な形に唇を歪める。

あと少しで微笑みになりそうな唇の歪みを、蓮花はじっと見つめた。

「何だ？　何をじろじろ見ている。王の顔を遠慮もなく眺めるとは、礼儀知らずだ」

「申し訳ありません」

また同じ詫びを口にして視線を逸らせると、真龍がその唇の形のまま蓮花の髪に挿してあった鳳仙花を引き抜いた。

「これは何だ」

「鳳仙花と言います」

大きな手のひらに載せられた赤い花の名を応えながら、蓮花は白い烏瓜の花の名前を教えたときのことを思い出す。

あのときは隣りにいても踏み込めない距離を感じていたが、今はこうしてどこか打ちとけた気持ちで真龍の腕の中にいる。

やはり何かが違ってきているのだろうか。

蓮花はふいっと間近にある真龍の顔を見あげると形のいい顎が目に飛び込んできて、何故か胸がどきりとする。

「これはこの庭に咲いているのか、初めて見たような気がするな。庭師が植えたのか」

赤い花に視線を当てたままの真龍に蓮花は頷いた。

「石塀の際に咲いていたのを見つけて……鳳仙花は種が弾けて飛ぶんです。だから植えなくてもこぼれ種で咲くことがあります。このお庭の鳳仙花もきっとどこからか飛んできたものじゃないかと思います」

真龍の手にある鳳仙花の赤い花びらに蓮花は指を触れる。

「お城の庭の牡丹や菊も見事ですけど、私にはこういう花が懐かしいものなんです。道ばたに咲いていていた花ばかりですけれど」

真龍が先を促すように視線を当ててきて、蓮花は素直に口を開く。

「特にこの鳳仙花は、爪を染めるために赤いのを選んでたくさん摘みました」

「爪を染める？」

「はい――こうやって」

真龍の手から鳳仙花を取り上げた蓮花は赤い花びらを親指と人差し指の腹で潰して、小指の爪に塗った。

花びらから滲む赤い雫が蓮花の桜色の爪を赤く染めていく。

薄い爪を通して感じる少しひんやりした花の露、染まっていく爪、こうしていると七夕祭りのことが自然と思い出されて、懐かしさと切なさで胸がいっぱいになる。

それを無理矢理押し殺し、蓮花は爪を赤く色づけた。

小さな爪がすっかり染まると蓮花は左手を真龍の目の高さに差し上げる。

「いかがですか？」

目の前に掲げられた蓮花の手を取った真龍は赤く染まった小指をじっと見て、ぽつりと呟く。

「見たことがあるな」

「何がでしょうか？」

「おまえの赤い爪」

思い出そうとするようにきつく眉を寄せた真龍に、蓮花は急いで手を引こうとしたが、ぐっと真龍に押さえられて諦めるしかない。

「――あの日か」

低い声に思わず蓮花は顔を伏せる。

蓮花の運命が変わってしまった七夕宵祭りの日。堅真から初めて買ってもらった晴れ着を着て、鳳仙花で爪を赤く染め、この城に来た。そして――。

「意味があるのか」

驚くほど静かな声に顔を上げると、真龍が何かを知りたそうに蓮花を見ている。

「あの日、おまえは爪を赤く染めていた。何か意味があったのか」

「七夕宵祭りだったからです」

あの日のことを思い出すとどうしても心が乱れ、少し声が震えた。

「七夕宵祭りでは、女の子はみんな爪を赤く染めます」

「そうなのか。ここの女は誰もそんなことはしないが」

不思議そうな真龍にあの日の怒りは微塵《みじん》もなく、蓮花はやっと心が静まってくる。

「お城の中のことは私にはわかりませんが、城の外では大切な慣わしです」

麗姫は豪華な金の爪飾りを嵌めていた。後宮の女性は草花で爪を染める必要などないのだろう。

けれど自分には今でもこの赤い爪のほうが心が落ち着く。

「七夕の宵に爪を赤く染め、いい人との出会いを織姫に祈ると、きっといつか叶えられるという言い伝えがあるんです。私も小さい頃からずっと染めていました」

上手く染められない幼いときは堅真が手を取って染めてくれたが、それは口にしない。

――他の男のことを口に出したら、次は命がないと思え。

命が惜しいというより、あの言葉を叩きつけてきたときの真龍の痛そうな目を見たくない。

だから蓮花はただ、赤い爪の由来だけを口にする。

「七夕に誰よりも綺麗に爪を染めたくて、籠いっぱいにこの花を集めました。私の家は裕福ではありませんでしたから、七夕宵祭りの身繕いはそれが精一杯のことでしたが、とっても楽しかったんです。その日だけは赤く爪を染めて、大人になった気がしました……」

「そうか」

蓮花の手を取ったまま真龍は梅花を彫り込んだ長椅子に腰を下ろし、傍らに蓮花を引き寄せる。

「今も探しているのか」

「はい？」

見あげた蓮花に、真龍の目が細められた。

「いい相手だ」

何気ない問いかけのようだが戯れ言に聞こえず、蓮花は黒く鋭い双眸を見返した。

今の言葉の裏にどんな意味が隠されているのだろう。

だがあまりに黒い目の奥底は深すぎて蓮花にはわからない。

「……いいえ。もう、今は真龍さまのお側にいますから、誰も探したりなどしません。ここにいると、真龍さまの側にお仕えすると、お約束しました。私は、決して約束を破りません」

瞬きもしない黒い目を見つめながら応えると、初めて真龍がすっと視線を逸らした。

言ってはいけないことだっただろうか。

あまりに図々しかったのだろうか。

戸惑う蓮花の肩を真龍がぐいっと引き寄せて、胸深く抱え込む。

「もうすぐ重陽の節句だ」

不意に思いついたような言葉だったが、蓮花は直ぐに寄り添う。

「はい、小鈴に聞きました。準備でお忙しいとか」

「俺が準備しているわけじゃないが」

少し皮肉が混じるのが真龍らしく蓮花は微笑む。

「城中が騒がしくなってその日は俺も忙しい。顔を出せないかもしれないが警備は万全にしておく。心配するな」

胸の中の蓮花をいっそう引き寄せると、返事を待たずに真龍は蓮花の腰の飾り帯をするりと解き始めた。

小鈴が漆塗りの衣装箱から次々に取り出すものに蓮花は目を丸くしたまま言葉が出ない。

襟や袖、そして裾にぎっしりと菊を刺繍した唐紅《からくれない》の襦裙、金片の花びらでできた小菊の簪、目の部分に煌めく赤い貴石が嵌められた龍が輪を作る腕輪。

「これは……一体、どういうことなの」

「今日の重陽の節句のためのお召し物です。真龍さまからたった今、届きました」

自分の手柄のように小鈴は自慢げな目をする。

「衣と簪は菊模様の特別なあつらえですよ。それにほら、この腕輪」

金細工の腕輪を取り上げて小鈴は誇らしげな表情を浮かべた。

「龍ですよ、龍」

「ええ……」

浮かない声を出した蓮花に、小鈴は責める眼差しになる。

「真龍さまが自分のお名前の龍を、蓮花さまにくださったのですよ。もうこれは、後宮一の姫は蓮花さまってことですよね！」

小鈴の弾む声に蓮花は激しく首を振った。

「私は姫じゃないわ。ここの一番は麗姫さまだって、小鈴もそう言ったでしょう。将来は正妻になられるって」

美貌も身分もある、同盟国の姫。

いずれは真龍の妃になるのだろう。

なんとなく浮かない気持ちで応える蓮花に小鈴が、ふんと小さく鼻を鳴らす。

「ここでは真龍さまが一番に気に入った人が一番の姫さまなんです。身分も財力も全く関係ありませんから」

憤然と言い切ったとき、扉を叩く音がして小鈴は「今度は何？」と小走りに入り口に向かった。

蓮花はただ戸惑いながら、豪華な衣と飾り物に手も触れずに眺める。

ここのところは衣も簪も届かず、やっとものをくれることの虚しさをわかってくれたのかと思っていたのに、今更届いたものに何とも言えない気持ちになる。

やはり真龍にとって自分はただ気まぐれに何かを与える玩具にすぎないのか。

近づいたように見えては遠ざかる真龍の気持ちに蓮花は、激しい焦燥と切なさが身体の内から湧いてきた。

自分が欲しいのは衣でも簪でもないのに。

「蓮花さま——大変です。こちらに来てください」

じっと贈られた品を見ていると、小鈴が興奮した声で蓮花を呼んだ。

「何？　どうかしたの」

振り返って気怠く近づき、蓮花も驚いた。

部屋の入り口近くに運び込まれた硬木の卓の上には桃の形をした饅頭をあしらった節句菓子や菊を浸した酒がぎっしりと載せられていた。

「これって……」

「真龍さまからです。今日のお祝いにって」

小鈴の声も少し震えている。

「それからこれを身につけるようにと」

差し出された紅絹《もみ》の袋にはやはり菊と、そして蓮の花が刺繍されている。

「中は茱萸が入っています。邪気を払って長生きするためのおまじないです。今日一日、身体につけておくものなんですが、真龍さまのお言付けがついています」

書き付けと一緒に渡されて、蓮花はその場で白紙を開く。

真龍の文字を見るのは初めてだったが、見事な手跡だった。

黒々とした墨の力強い、流麗な文字に真龍の教養の高さが窺えると、あまり文字などに縁のない蓮花でさえそう思った。

――茱萸だけはつけろ。迷信かもしれんが気休めぐらいにはなる。

真龍さま。

紅絹の袋を抱きしめて蓮花は自分が真龍を誤解していたことを知った。

真龍はおそらく蓮花が衣も飾りも身につけようとしないことを知りながら、届けてきたのだ。

押しつけではなく、ただ今日の祝いの日のために。

――顔を出せないかもしれないが警備は万全にしておく。心配するな。

真龍さま。もう一度胸の中でその名を呼ぶと、身体の中に温かいものが広がっていくのを感じる。

「小鈴」

紅絹に入った茱萸をぎゅっと握りしめて蓮花は唇を引き結んだ。

「着替えをして、髪を結いたいの。手伝ってちょうだい」

一瞬驚いたように目を見開いた小鈴は、直ぐにぱっと顔中を輝かせて頷いた。

「はい！　任せてください。とびきり綺麗にしてみせます！」

そう言うと小鈴は衝立の後ろの洗面台で身体を清める用意を始める。

「重陽の朝はまず、菊の露で身体を拭うんです」

白銅の洗面器に張った湯に菊を浮かべ、小鈴はそこに浸した真綿《まわた》で蓮花の全身をくまなく拭う。

顔から首筋、胸、括《くび》れた腰から平らな腹、柔らかな腿の内側、膝、そして足指の間まで、小鈴は丁寧に拭きとった。

「こうしておくと、蓮花さまに触れた人も清められるんです」

「そうなの？」

もう一度乾いた真綿で拭ってくれる小鈴に聞き返すと、真剣な顔で頷かれる。

「はい、真龍さまが今夜蓮花さまに触れると真龍さまの邪気も払われます」

ぱっと蓮花は赤くなったが小鈴はどこまでも真剣らしく、にこりともしない。

こんなことは後宮にいる女には当たり前のことだと頭ではわかっていても、なかなか馴染むことが難しいうえに自分の裸を小鈴に見られていることも恥ずかしくて視線が泳いだ。

小鈴のほうは一向に気にならないらしく、蓮花の身体を清め終わると、真新しい絹の内着を着せかけ、その上から届いたばかりの唐紅の襦裙をふわりと肩からかけてくる。

「袖を」

言われるままに袖を通すと上物の絹のしっとりした重みが身体になまめかしく添ってきて、思わず吐息が零れる。

「これほど立派なものは麗姫さまでも用意できません」

蓮花の吐息に気がついた小鈴がぎっしりと刺繍の施された帯を結びながら断言した。

「さすが真龍さまです。髪も負けないぐらい豪華にしないと釣り合いが取れませんね」

手を引いて蓮花を鏡台の前に座らせた小鈴は、やはり真剣な眼差しで髪を梳き始める。

「蓮花さまの髪は本当に癖がなくて、結うのが難しいぐらい素直ないい髪です」

そう言いながら、任せてくださいと豪語しただけあって小鈴は見事な手つきで蓮花の髪をふっくらと結い上げ、菊の簪を挿した。

「いかがですか？」

促されて鏡を見ると、いつもとは違った自分に見えた。

外に出ることが少ないせいなのか、いっそう白くなった肌に唐紅の絹が映え、漆黒の髪に咲く金色の菊は今にも雫を落としそうに輝いていた。

「すごくお似合いです」

自分ではないようでじっと鏡を見つめ続ける蓮花に、小鈴が請け合う。

「真龍さまは蓮花さまに似合うものをよくご存じですね。ご覧になったらきっと喜ばれますよ」

そうだろうか。

こんなことぐらいで喜んでくれるのだろうか。

おそるおそる龍の腕輪を嵌めると貴石の赤い目が蓮花を見て、きらりと光る。

仕上げにと、小鈴が帯につけてくれた茱萸の絹袋に触れながら、せめてひと目だけでいいから今日中にこの姿を真龍に見て欲しいと願った。

用意がすっかりでき、窓辺に座った蓮花は菊を眺めながら真龍を待つ。

——その日は俺も忙しい。顔を出せないかもしれない。

けれどもしかしたらほんの少しでも顔を見せてくれるかもしれない。

この姿を真龍に見せたい。

陽が高くなって、ほのかに管弦の音が流れてくる中、蓮花はただじっと時を過ごす。

小鈴が「少しはお菓子を食べたらいかがですか」と勧めてくるのを断って、身じろぎもしない。

今までずっと真龍からのものを快く受け取らなかった。

ただの贅沢だと、何故もので人の気持ちを得ようとするのかと意固地に考えてもいたけれど、違うのかもしれない。

ずっと城の外で育った自分が野の花しか知らないように、真龍は城の中で育ち、贅沢しか知らない。ものを与えるという行為でしか人の愛がもらえないと信じている。

人へ与えるしか、わからない。

人は皆、貪る者だと思っている、貪られてきた哀しい定めの人。

最初に人としての優しさの意味を教えてくれるはずの母に「人の価値は最高のものを与えられるかどうか」と傷つけられてしまった人。

真龍の孤独が今更胸に迫ってきた。

せめて今日は待とう。来ても来なくても、真龍を待とう。

天空高く昇った陽が頬を焼いてもその場から動かず、蓮花は待ち人を思う。

強く願えば叶うかもしれない。

「……蓮花さま」

気遣う小鈴の声も聞こえないほど、蓮花は真龍だけを心に描く。

やがて傾いた陽が庭を朱色に染め上げ、蓮花の頬に影を作る頃、小鈴が目の前に小さな菓子を一つ置いた。

「少しはお腹に入れたほうが。朝から何も食べていませんから」

丸い頬に心配の色が濃く浮かび、その目にあるのは憐憫《れんびん》だった。

――昨年は麗姫さまのところにお泊まりだったんですけれど、今年はどうなんでしょうか。

おそらく今年も麗姫のところに泊まるだろう、とその目は言っていた。

「小鈴、今日はもういいわ」

蓮花は目の前に置かれた菓子を小鈴に差し出して、微笑む。

「あなたも節句を楽しんでちょうだい」

菓子を持って小鈴が出て行くと、部屋はしんと静まり返り、蓮花は自分の鼓動さえ聞こえそうな静けさの中でひたすら真龍を待った。

すっかり陽が落ち庭の菊が闇に姿を隠しても、蓮花はその影を辿りながら今日という一日を最後の最後まで真龍のために使うのをやめるつもりはない。

管弦の音も絶え、城中が静まり返り、今日が終わる気配が辺りを覆う。

灯りもつけない部屋で蓮花は腰につけた茱萸の絹袋に触れ、もう一度真龍のことを思った。

「真龍さまを禍《わざわい》から守ってちょうだいね」

誰もいない部屋で呟いたとき、静かに部屋の扉が開いた。

まさか、また怪しい人――どきんとして立ち上がると、不意に雲が切れて、窓から差し込んだ月明かりに大きな人影が浮かび上がった。

「まだ起きていたのか」

いつもは後ろに無造作に流している髪を五色の絹紐で括り、龍と菊が絡み合った黄染めの袍《ほう》で正装した真龍が立っていた。唐紅の袖を翻して駆け寄った蓮花は、その胸に飛び込む。

「お待ちしていました、真龍さま」

これまでの屈託《くったく》が一気に消える。

ただ真龍が来てくれたという喜びだけが蓮花の中に溢れた。

「素敵な贈り物をどうもありがとうございます……それをどうしても言いたくて、ずっとお待ちしていました。今日中にお礼を言いたかったのです——来てくださると信じていました」

「蓮花……」

短い満足の吐息を吐いた真龍が自分から胸にしがみついてきた蓮花を強く抱きしめ、その髪に唇を当てた。

「着替えたのか」

蓮花の身繕いに真龍の声が笑う。

「はい……似合いませんか」

「暗くてよく見えないな」

言うなり真龍は唐紅の襦裙を纏った蓮花を抱え上げる。そして部屋を横ぎり、庭へ続く奥扉を開けて月明かりの差す中庭に出た。

「まだ節句の夜だぞ、間に合ったな」

雲の切れ間から覗く月が白銀の光で蓮花の姿を浮かび上がらせ、髪に挿した金色の菊を鮮やかに照らし出す。

「菊が満開だ」

「はい、とても綺麗です」

月明かりに照らされた菊の花々に蓮花は頷くが真龍は蓮花の簪に口づけて笑った。

「おまえの髪に咲いている菊のほうが見事だ」

「あ……」

ぱっと見あげると、真龍の目には受け入れられたという明らかな喜びが浮かんでいる。

何故もっと早くこうしなかったのだろう。

蓮花の中に、意固地に見えただろう自分のこれまでのやり方を悔いる気持ちが湧き上がってくる。自分から近づかなければわかってもらえないのに、どうして真龍ばかりを責めることができたのか。

蓮花は真龍の髪を結んだ五色の絹紐にそっと触れる。

「今日はいつもと違います」

「儀式用だ。堅苦しくて面倒くさいが仕方がない」

「でもとてもお似合いです。真龍さま」

ふっと驚いたように一瞬真龍が目を見張る。

「おまえが世辞《せじ》をいうとは珍しい。菊酒に酔ったか」

「……お酒はまだいただいていません。ご一緒にいただこうと待っていました」

律儀にいい直すと真龍の目が月明かりに細められ、不意に奪うように唇が重ねられる。

柔らかく何度もはまれ、舌が優しく口中を犯した。

「ふ……ぁ……」

甘い苦しさに呻いて真龍の首に腕を絡めると、しっかりと抱き寄せられる。

「酒よりおまえに酔いたい。蓮花」

月明かりの中、菊の褥《しとね》に真龍が蓮花をそっと横たえた。

九．つかの間の幸せ

重陽の節句の夜、真龍が一夜を過ごしたのは麗姫ではなく蓮花の部屋だった――というのはたちまち後宮のみならず、城中を駆け巡った。

本当は部屋ではなく、月明かりが満ちた満開の菊の褥だ。だがそれを知っているのは、早朝、陽が昇る前に真龍に呼ばれた庭師たちだけで、彼らは口が裂けてもそんなことは言わない。

そのとき寝台で深く眠りに落ちていた蓮花は何も知らず、目が覚めたときには庭はすっかり元通りになっていて、蓮花は昨夜のことは夢かと思ったぐらいだ。

あれ以来真龍のことを思うと、みぞおちの辺りがきゅうと縮まるような痛みがある。なのに真龍のことを考えずにはいられない気持ち。

何をしていても真龍のことを考えてしまう。

真龍が触れた唇に指を触れて、その感触を思い出してしまうのはどうしてなのだろう。

自分で自分の気持ちを測りかねて、蓮花はついつい無口になる。

目覚めていても夢の中にいるようなふわふわした気持ちは何と言い表すものなのだろう。

蓮花はこの気持ちに名前をつけることができずに戸惑っていた。

ただひたすら真龍に会いたくてたまらない。

いつものように扉を開けて真龍が入ってくると蓮花は小走りに駆け寄った。

「どうした、子どもだ」

腕に抱えられるとさっきまでの胸の痛みが消えていく。

あやすように、真龍の唇がこめかみに触れる。

「お待ちしていました」

今は素直にその言葉が出てきた。

「おまえの口は可愛いことも言えるんだな」

微かに笑った真龍が蓮花を抱えるようにして、手近にあった彫り物をしてある長椅子に腰を下ろす。

「今日は何をしていた」

そう聞かれると、何をしていたのだろう、と蓮花は自分でも頼りない気持ちになった。

一日がただ真龍の訪れを待つためだけに過ぎていく。

こんな何もしない怠け者の自分ではいつか嫌われてしまうかもしれない。真龍に疎まれることを思うと、以前とは違う胸の痛みに襲われた。

「――私、何をしたらいいのでしょうか？　真龍さま」

応えが思わず問いかけになり、真龍を驚かせてしまう。

「一日中ただ、真龍さまをお待ちするだけで、時間が経ってしまいます」

「それではいやなのか」

真龍がどこか面白そうな目をするが、蓮花は真剣に悩ましい顔つきになった。

「怠け者になってしまったら、真龍さまはいやですよね。私、とても困っているんです。ここでは機織りをするわけにもいかないのですから」

真龍は蓮花の困り顔を眺めて今にも笑い出しそうに片頬を引きつらせたが、蓮花は自分の気持ちを訴えるのに夢中になる。

「私は他の後宮の方のように綺麗でもなければ、身分もないですし、教養もありません。真龍さまを楽しませる方法がわかりません」

「いや、そう気にしたものでもないがな」

笑いを堪えたらしいくぐもった声に蓮花はふっと話をやめて真龍の目を見つめた。

「確かにおまえは機転の利く話ができるわけでもなければ、傾城《けいせい》の美女でもない。床の中でも全く子どもだし、本当にここでは珍しい女だ」

口の割には楽しそうにしながら、真龍は蓮花の髪を指に絡める。

「俺がおまえに特別に仕事を探してやる。おまえにぴったりの仕事だ。何でもできるか？」

「はい、一生懸命やってみます。何でしょうか？」

指に絡めた髪を引いたり唇に当てたりしながら他愛なく遊ぶ真龍に頷くと、真龍がその手を蓮花の頬に当てた。

「俺の話を黙って聞くことだ」

「……はい？　あの、それだけですか？」

「それだけだ」

真龍が薄く笑った。

「一日中周りからああだ、こうだと言われて俺は疲れた。黙って俺の話を聞いてくれる人間が欲しい。おまえにその役を命じてやる」

少し投げやりな言葉の裏に真龍の本気が滲む。

抱き寄せられたまま顔を上げると、形のいい顎から頬が目に入ってくる。

鋭く黒い眼差しはいつもと同じようだけれど、その目尻には明らかな疲れが浮かぶ。

「はい、真龍さま。どうぞ。何でも話してください。聞くだけでいいのなら私はいくらでも聞きます」

そっと胸に身を寄せると真龍は満足そうな息を吐く。

「王になってよかったと少しだけ思えるな」

喉の奥で真龍が笑う。

「俺は昔、王になったら毎日楽しいことばかりかと思っていた。いやな奴を排除して自分の思うとおりのことができるのかと内心手ぐすねを引いていた」

「はい……」

言われたとおり、蓮花はただ受け入れる。言っている真龍自身どこまで本気なのか判然としないとりとめなさがあった。

「けれど、どうだ。実際王になんかなってみたら大変なことばかりだ。毎日毎日が陳情《ちんじょう》に直訴《じきそ》だ。あれをしてくれこれをしろ。今にも死にそうだ、明日には生きていられない、なんとかしてくれとそればかりだ。言われる俺のほうが死にそうだ」

真龍が苦しげに息を吐いて、喉の奥で引きつった笑いを立てる。

蓮花は小さな手を伸ばし、真龍の大きな手にそっと重ねた。

「俺は人を押しのけ自分の力で王になった。だから他人も自分の力で生きろと思ったが、それは違うのかもしれん」

蓮花が手を撫でるのに任せながら真龍はぽつりぽつりと言う。

「今日俺は、ずっと断り続けていた村からの陳情を聞いた」

「村ですか？」

「そうだ、山奥の村でな。毎年水害が酷くて現状を訴えに来る。わかってはいるんだ。だがやることが多すぎてな……計画どおりに進めているから待って欲しいんだが、向こうも切羽詰まっているらしく三月《みつき》と空けずに通ってくる」

「……そうですか」

「会っても答えは同じだから面会を拒否していたらまあ、あることないこと言われまくったぞ。冷血だの、民を見捨てる王の資格がない馬鹿者とかな。王に拒否権はないのか」

蓮花は話の続きを促すように真龍の手のひらをそっと撫で続ける。

「あんまり頭にきたから今日、剣で斬ってやろうと思って会った。斬ってしまえば静かになる」

さすがに驚いて手が止まってしまうと、真龍がふっと笑う。

「嘘だ。ちゃんと帰したぞ」

止めてしまった蓮花の手を真龍が逆手に握ってきた。

「不思議だな。話を聞いてやっただけなのに、相手は満足して帰って行った。俺はただ、今はできない。わかっているけれど今はできない。計画の内には入っているから必ずやるからと、そう言っただけなのに――彼は黙って帰って行った」

蓮花の細い身体をすっぽりと抱えてその旋毛《つむじ》に真龍が顎を乗せた。

「奇妙な男だ。蓮花、どうしてだと思う？」

「……答えてもいいですか？　真龍さま」

聞くだけ、と言われていたので一応尋ねてみると真龍の顎が頭の上で頷くのを感じた。

「真龍さまがその村の人の考えを受け入れたからだと思います」

蓮花は自分が真龍からもらった簪をつけたときの真龍の瞳を思い出しながら答える。

重陽の節句の夜、金細工の菊の花簪を挿した蓮花に真龍の目は優しく、そして明るかった。

人にわかってもらいたいならば、まずその人を受け入れなければならない。

自分が相手を拒絶したまま、理解してもらうことは決してできない。

「真龍さまが近づいたから、その人も真龍さまの本当の気持ちがわかった。そういうことだと思います」

蓮花を抱きしめたまま真龍はしばらく黙っていたが、やがて長いため息をはき出した。

「人というのは難しいようで案外単純だな」

そう言うと真龍は蓮花を腕から放し、その膝を枕にしてごろりと長椅子に身体を横たえた。

「疲れた。話を聞くのはもういい。膝を貸す仕事を命じてやる」

「はい。どうぞ。いくらでも」

目を閉じた真龍の髪をそっと撫でる蓮花に、真龍が問いかけてきた。

「おまえは誰かにこうして膝を借りたことがあるか？」

「はい？　誰か……というと……」

「たとえば――母親とか」

思いもかけない言葉に蓮花は真龍の顔を見つめたが、瞼を閉じた顔は動かない。

「私は早くに両親を亡くしたので……」

兄がよく小さい蓮花をそうして寝かせてくれたのは口にしなかった。

「そうか。俺は母親は居たが、してもらったことはない」

真龍はどこか投げやりに聞こえる口調で言う。

「居ないからしてもらえないのと、居てもしてもらえないのはどちらが寂しいのだろうか」

ふっと瞼を開けた真龍が迷う瞳で蓮花を見あげてくる。

「私もお友達がお母さんやお父さんに甘えているのを見て、羨ましいと思いましたけれど……」

それでも兄がそれを埋め合わせようとしてくれたし、何より居ないのだから諦めるしかないという気持ちもあったと思う。

けれど真龍は側にいる母が冷たかったのだ。どんな思いで母を見ていたのだろうか。

「母親が居なければ、心がかき乱されないと思った」

胸に渦巻いた問いの答えを真龍がぽつりと口にした。

「側にいるから愛して欲しいと願う。あんな女でも、いつかは愛してくれるのではないかと馬鹿な期待を抱く。愛も信頼もくれずに奪うだけの相手なら、居なくなった方が心がうんと安らかだ」

真龍の唇に自嘲の笑みが浮かんだ。

蓮花は思わずその唇に指を当て、癒やすようにそっとなぞった。

何度も期待し裏切られてきた真龍が、血だらけの心を固く閉ざしてしまったのがわかる気がする。

この人の胸の中には、まだ癒やされていない傷がある。

「でも人に期待することは……悪いことだとは思いません」

「そうか？」

皮肉な色を浮かべた真龍の唇が、蓮花の指を噛む。

「はい、信じなければ信じてもらえません……愛さなければ……本当の愛はわかりません……きっと」

蓮花の爪をきゅっと噛んでから真龍は嘲るような笑みを浮かべる。

「おまえに本物の愛がわかるのか」

「……今はまだわかりません。でも、人を信じることはわかります」

真龍の暗い目を覗き込んで蓮花は迷うことなく応える。

「人を裏切らないということの意味もわかります」

その応えに真龍が片頬だけでふっと笑いとも言えない薄い笑いを浮かべた。

「威勢のいいことだな……まあ、俺の期待を裏切らない人間がいたら、俺もおまえの言葉を信じてもいい。おまえにそれができるというなら、俺を信じさせてみせるといい」

あくまで皮肉で居丈高《いたけだか》な口調の底に、微かな希望があるのを、蓮花は確かに聞いた気がする。

この人も本当は人を信じたいのだ。

誰かを心から愛したいのだ。

蓮花はもう何も言わず、自分は決してこの仮面の下に隠れた人をこれ以上傷つけまいと誓う。

「近頃何か怪しいことはないか」

自分の本心を垣間見せた真龍が、それを悔いるように話を変えてくる。

「はい。大丈夫です」

あの一件以来警備も増えて、蓮花の周囲に真龍はことのほか気を配ってくれている。

「何かあったらいつでも言え。ことが起こってからでは遅い」

「はい」

答える蓮花の唇に、真龍が案ずるように指を触れてくる。

「あのときよりいっそう気をつけろ。今のおまえはおそらく後宮中から妬まれ、狙われているだろう」

「……どういうことですか……それは」

思いも寄らないことを言われて思わず声がひっくり返った蓮花に、真龍が瞼を開けて鋭い視線を合わせてきた。

「重陽の節句の夜、俺はおまえを選んだ。おまえがここの一の女だ」

「真龍さま……私はそんなつもりはありません」

「おまえのつもりはどうでもいい。俺がそう決めた。後宮はそういうところだ」

蓮花の震える唇を真龍の指がゆっくりとなぞる。

「俺はおまえに特別な権力を与えるつもりもないし、表向きのことに口を出させることもしない。それでも人はそう思わないだろう。後宮の女に気をつけろ。俺がいないとき自分の背中は自分で守るつもりでいろ、いいな」

愛も信頼もまだ真龍からもらっていないかもしれないが、それでも自分はこの後宮で真龍から寵愛を受ける立場になったのか。

知らぬ間に巻き込まれた渦《うず》に蓮花は、ただ呆然とする。

「蓮花、わかったな」

真龍の声の気迫に気圧されるように頷いた蓮花は、自分が押し上げられた立場に初めて気がついて、こみ上がる身体の震えを止めることができないでいた。

——自分の背中は自分で守れ。

暗闇の淀みにさえ何かが潜んでいる気がして蓮花はときどきびくりとする。

真龍の寵を受けるという危うさに蓮花は必死に耐えていた。

自分はここで真龍と生きていく。今はそう決めている。

堅真のためでもなく、真龍のためでもない。

自分の気持ちだ。

真龍のことを思うと胸が痛いのも、苦しいのも、顔を見れば嬉しいのも、理由はたった一つ。

真龍のことを心に住まわせてしまったからだ。

何ができるかわからないけれど、話を聞いて、膝枕をして、側にいてあげたいと思う。

ただ穏やかに真龍の側にいられればそれでいい。

何も要らないから私をそっとしておいてください。

蓮花は誰にともなく願いながら真龍のいない夜を過ごす。

かたんと扉の開く音がした気がして、真龍の訪れを待ちかねていた蓮花は扉に駆け寄ったが、扉は閉じたままで辺りは静まり返っている。

「真龍さま?」

こわごわと名を呼びながら扉に手をかけようとしたとき、折りたたまれた白い紙が床に落ちているのに気がついた。

「何? 手紙?」

訝しく思いながら拾い上げても、宛先もないただの白紙で誰からかもわからない。

——近頃何か怪しいことはないか。何かあったらいつでも言え。ことが起こってからでは遅い。

真龍の忠告がふっと頭を過ぎるが、何の変哲もない手紙だ。

読んでみて、何かあったら相談してみても遅くはないだろう。

蓮花は動悸を感じながら折りたたまれた手紙を開く。

「——これ……まさか」

——ある人が、おまえは無事だと教えてくれ、手紙を届けてくれると言ってくれたからこれを書いている。おまえのことだけが心配だ。どれほど辛い思いをしているのか。すまない、蓮花。必ず、必ず助けに行くから。待っていて欲しい。

「兄さん!」

間違いなく堅真の文字だった。

蓮花は手紙を握りしめたまま扉を開けたが、廊下は静まり返り人影すらない。

ぱたりと閉めた扉に背中でよりかかった蓮花は、どくどくうるさい心臓を両手で押さえ、ずるずると床に崩れ落ちた。

堅真は本気なのだろうか。

それに、一体誰の伝手《つて》で自分に手紙を届けたのか。

何で――。

混乱する思いを抱えきれずに蓮花は顔を覆って、呻いた。

十．龍の惑乱

ただ座っているだけなのに、蓮花の悩みは外に滲み出てしまうらしい。堅真の手紙のことは、誰にも告げていなかった。真龍に言えば大事になってしまうのは目に見えているし、かといって小鈴に相談しても結局は彼に伝わってしまう。

側に控える小鈴が、気遣わしげにちらりちらりと視線を向けてくる。

「蓮花さま、お菓子をどうぞ。とっても愛らしいです」

目の前に差し出された兎の形をした白い饅頭に蓮花はふわっと笑みを誘われた。

「本当に可愛らしいわ」

「真龍さまがお出かけになる前に、蓮花さまに作ってあげるようにって厨房に言いつけていったそうです」

ふふっと蓮花の顔を覗き込むようにして小鈴が笑った。

「自分がいないと寂しがるだろうからって心遣いですよ、きっと。真龍さまも蓮花さまには優しいんですね。蓮花さまにだけですが」

今、真龍は折衝《せっしょう》のため隣国に出かけており、しばらくは不在なのも隠す必要のない蓮花の屈託に拍車をかけている。

だがこうして真龍が蓮花のことを気にかけてから出かけていったと思うと、少しだけ気持ちが明るくなった。

「……真龍さま、ご無事かしら」

「当たり前ですよ。隣国と戦争をしているわけじゃありません。割と良好な関係です」

明るく請け合った小鈴に、蓮花は何気なく尋ねてみた。

「ねえ、小鈴。後宮から手紙を出すにはどうするの？」

小鈴の表情からさっといつもの明るい笑みが消え、目つきが見たこともないぐらい注意深いものに変わる。

「小鈴？」

「蓮花さま、一体どこに手紙を出したいのですか？」

その口調の底にぴしりとした芯の通った気配が感じられ、日頃の陽気で気のいい小鈴が別人に見えた。

――俺は誰も信じない。おまえのような小娘でも、俺に刃向かわないとは限らない。逃げ出さないとも限らない。一人にしておくと思うか？

　この後宮に来たばかりの頃、小間使いは要らないと言った蓮花に応えた真龍の冷えた口調が甦ってきた。

　あのときから、小間使いという名の監視役だとわかっていたはずなのに、いつの間にかすっかり心を許していた。

　訝しまれないように、蓮花は急いで笑顔を作った。

「真龍さまにお手紙を書いたら……どうかなと思っただけ」

　まあ、といつもの笑顔に戻った小鈴が頬に両手を当てて赤くなる。

「すごく素敵な考えだと思います。でも……ここから外に手紙は出せません」

「そうなの？」

　あくまで無邪気な振りを装ってみせるが、初めてつく嘘で心臓が爆発しそうだった。それでも絶対に誰にも兄の手紙のことは漏らせないという決意を強くする。

「はい。後宮に入った女性は真龍さまだけにお仕えするのが義務ですから、真龍さま以外の方とのやりとりは禁じられています。外からの手紙も受け付けられません」

　外からの手紙も来るはずがない――では誰があの手紙を。

　内心で困惑する蓮花に、小鈴が何気なく付け足した。

「でも麗姫さまは、国元とお手紙のやりとりをされているはずです」

「麗姫さまはいいの？」

「はい。あの方は後宮にいるとはいえ、特別な姫さまですから」

そうなの、と呟いた蓮花は、唯一手紙をやりとりできる麗姫と兄の接点に思いを馳せる。

兄は麗姫を全く知らないわけではないし、麗姫も堅真のことを覚えていた。

けれど手紙を頼めるような仲ではないだろう。

ましてあんな危ない手紙を、仲立ちすれば麗姫にだって迷惑がかかる。

無言で考え込んでいると小鈴が何を誤解したのかくすくすと笑った。

「いやですね、そんな元気がないと真龍さまが心配しますよ。明後日の夜には戻っていらっしゃいますから。ほらお饅頭を召し上がってください」

「そうね」

無理に笑ったものの、蓮花は菓子に手をつける気持ちになれなかった。

当然だけれど兄から手紙が来て以来、気持ちがざわついて一秒もじっとしていることができない。

一体誰がここに届けてきたのか。

兄は後宮の誰と通じているのか。

自分が兄を忘れないように、兄もまた蓮花を常に気遣ってくれているのはありがたい。

けれど、危険なことはしないでほしい。兄が本気で助けにくることを考えているなら、それはとても無謀なことだ。だが、後宮から出ることの許されない蓮花には、ただ兄の身を案じることしかできなかった。


――助けに行く！　蓮花。絶対に助けるから！

あの誓いを兄は今も忘れずに果たそうとしてくれている。

その気持ちだけでいい。

兄さん、もうやめて。

私は大丈夫だから。

会って伝えることができたらいいのにと願わずにはいられない。

兄も自分の顔を見て、蓮花の言葉に嘘がないことがわかってくれれば、無謀な行いなど諦めてくれるだろう。

――何かあったらいつでも言え。ことが起こってからでは遅い。

真龍の言葉を思い出した蓮花は、彼が帰ってきたらこのことを相談しようと決める。

――俺はおまえを選んだ。おまえがここの一の女だ。

たとえそう言われたからと言って、兄と会うことが許されたわけではない。蓮花を信頼しようとする真龍に応えたいと思う。

蓮花は真龍への新しく芽生え始めた愛と堅真への懐かしい愛しさに身体が裂かれそうに痛んだ。

真龍の帰りは今夜と聞いているが、隣国訪問は遊びではないのだし、さすがに今夜の訪れはないだろう。

小鈴が下がったあと、そろそろ寝台に下がって休もうかと蓮花が部屋の灯りを細くしたとき不意に扉が開いた。

「真龍さま！」

深夜の訪れに声を低めたものの、それでも弾む声を隠せずに駆け寄った蓮花はふと、いつもと違う気配に足を止める。

まさかまた。

「蓮花」

するっと細く扉を開けて身体を滑り込ませてきた男が唇に指を当てて、蓮花に黙るように合図した。

だが蓮花は、叫ぶよりも驚きのあまり石のように硬直してその場に立ちすくんだ。

「やっと会えた、蓮花！」

男の踊るような声が聞こえ、逸《はや》る腕に抱きしめられ、やっと蓮花は声が出る。

「兄さん……一体……どうして、ここへ」

夜の闇に乗じようというのか、堅真は墨色の袍に身を包んでいた。抱きしめられたまま、蓮花は震えながら尋ねる。

「おまえを助けに来たに決まっているだろう。必ず助けると約束したじゃないか」

蓮花が聞きたいのはそんなことではない。

一体どうやってここまでたどり着いたかということだ。

後宮は美しい強固な牢獄。王の許可なくしては何人も入ることも出ることも許されない。それに、蓮花が後宮に入ると約束したように、城に二度と近づかないことは真龍と兄との契約だ。

裏切ってはならない。

青銅の龍は裏切りを許さない。

こんなことがわかれば兄の命は今度こそ、終わり。猶予は欠片もない。それに——。

蓮花の身体が足元から震えた。

「兄さん、いますぐここから出て行って、お願い」

「蓮花、だからおまえも一緒に行くんだ。そのために俺はここに来たんだからね」

堅真が蓮花の手を強く握る。

「今夜ならおまえを連れてここを抜け出せると、教えてくれたんだ」

「一体誰がそんな嘘を兄さんに教えたの！」

蓮花は思わず声を高くしてしまう。

「嘘？　何を言っているんだ。おまえは知らないかもしれないが、今夜は真龍さまはいないんだよ。隣国に行っているんだ」

「……兄さん」

今夜こそ、真龍がこの城に戻ってくる夜なのに、どこの誰がそんな嘘を堅真に教えたのか。

けれどその犯人を捜したところで、もうどうにもならない。兄はここに来てしまっている。

蓮花は震える唇でなんとか言葉を作り出す。

「今夜は——もう——兄さん——」

取り返しのつかないことに蓮花は言葉を失った。

もう間に合わない予感がする。

兄をこの後宮から逃がすことはできないだろう。

「蓮花？　どうした」

訝しげに目を見張った兄の顔が、誰かの手によって大きく開け放たれた扉から差し込む灯りにくっきりと照らされたとき、激しい絶望に足元が揺らいだ。

「王の居ぬ間に間男とは、いい度胸ではないか、蓮花」

激しい怒りを内包した低い声が堅真の背後から放たれてきた。蓮花だけを見つめていた堅真の顔から血の気が引き、表情が消える。

――何故だ？　何故、真龍さまがここに？

兄の目に激しい混乱と渦巻く恐怖が読み取れたが、何もかもが遅い。

その疑問に答えてやることはもう叶わなかった。

運命は決まってしまった。

図らずも真龍を裏切る形になった自分と堅真は、たとえどんなことになろうとも真龍の怒りを真正面から受け止めなければならない。

覚悟を決めた蓮花は堅真の前に回り込み、真龍と向かい合った。

「おかえりなさいませ、真龍さま」

まだ事実を受け止められない堅真を背後に庇いながら、蓮花は真龍に頭を下げる。

「切り捨てるには惜しい度胸だ、蓮花。男とむつみ合っているところ、俺に踏み込まれても喚きもしないとは恐れ入るな。可憐な花かと思えばとんだ毒蛇とは。見ているだけなら面白いが俺は危険なものを手元に置いておく趣味はない」

「違います――真龍さま。誤解です」

事実の惨さに愕然としていたものの、妹を庇おうと自然に身体が動いた堅真が蓮花の前に進み出た。

自分の前に顔を晒してきた堅真に真龍の目がすっと細められて、眉が引き上がる。

「おまえ……堅真」

一瞬目を見張った真龍は、嘲るように二人を見下ろした。

「なるほど。おまえの貞操は信じてよさそうだな、蓮花。それについては俺の早とちりを詫びなければならん」

まるで機嫌でもいいのかと錯覚させるような軽い口調が、逆に真龍の腹の底からの怒りを予感させる。

「だがおまえたちも俺に詫びなければならないぞ。二度とこの城に足を踏み入れるなと俺は言ったはずだ、忘れたか？」

腹からの怒声と同時に、真龍が腰に帯びていた剣を鞘から引き抜いた。

「真龍さま！」

素早く堅真が真龍の足元に膝をつく。

「妹は何も知りません。私が自分一人の考えで妹に会いに来ました」

「誰かの手引きがなければ、ここには鼠一匹入れない」

剣を堅真の頭上に突きつけたまま真龍が冷たく返す。

「それは……妹ではありません」

がばっと深紅のつづれ織りの敷物に手をついて平伏した堅真が声を絞り出した。

「では誰だ」

あっさりと切り替わった詰問《きつもん》の矛先は、真龍自身が堅真を後宮に引き入れた相手が蓮花とは考えていないことを示していた。

蓮花にそんな力がないことはよくわかっているのだろう。

「早く言え。言わずに済むと思うなよ」

真龍の剣先が一閃したと思うと、堅真の前髪がはらりと落ちた。

――時間をかければかけるだけ、おまえの身体が寸刻みになるぞ。

曲者《くせもの》の頬に冷徹に懐剣を這わせた真龍の姿を思い出した蓮花はすくみ上がり、堅真は蓮花の怯えを察したように喉から無理矢理声を剥がし出す。

「城の外で知り合った物売りで、名前は張《ちょう》、という男です」

「物売りだと」

「はい。陽国の者ではありませんでしたけれど、城にも出入りをしているから、いろいろ詳しいのだとそう言って私に近づいて来ました。妹が城にいるからひと目でも会いたいのだと言うと……力を貸してやると言われました」

「おまえが城の厨房にいたとき、自由に後宮に出入りできたか」

「いいえ……よほどのことがなければ……一人では絶対に入れませんでした」

堅真が唇を噛みしめるのに反して真龍が皮肉な笑みを浮かべる。

「それなのに、今簡単に城の外から入ってこられたのはおかしいと思わないか。おまえの言葉を信じられるか？」

「ですが、本当なのです。私はただその張の言われるままにして、ここにたどり着いただけなのです」

兄だって城に再び足を踏み入れるのが危険であることはわかっていただろう。それなのに蓮花のことだけを思ってここまで来てくれた兄が愛しくてたまらず、蓮花は切なさと苦しさで胸がきりきりと痛む。

蓮花にとって堅真の言うことを信じるのは、呼吸をするように簡単なことだが、真龍がどう思うかは別だ。

真龍は剣を突きつけたまま、堅真にもう一度鋭く問う。

「張とやらはこの後宮の誰かと繋がりがあるはずだ。でなければおまえをまんまとここまで導き入れることはできない。一体誰だ」

「それは本当に知りません」

蓮花そっくりの目で堅真は真龍を真っ直ぐに見て応える。

「知らない？」

「はい」

短いやりとりに真龍の心の内が蓮花には手に取るようにわかった。

――こんな大それたことをするのに、他国の素性も知らない人間の話に乗ったのか。

――全く城のしきたりを知らないわけでもないのに、何を迂闊なことを。

――どこまで愚かな男なのか。

だがそれでも蓮花は兄を責める気には少しもなれない。

どんな小さな機会でも捕まえなければ、堅真は二度と自分に会うことは叶わないと思ってくれたのだろう。

そして堅真をここに導き入れた人間が、自分の素性を明かすなどという危険を冒すはずもない。妹を助けたいとそれだけを思い詰めている堅真を動かすことなど、赤子の手を捻るより簡単なことだっただろう。

「なるほど」

これ以上堅真を叩いても何もでないとわかったのだろう。真龍が頷いた。

「わかったのはおまえがどこまでも愚かだったということだけか。時間の無駄だったな」

すっと剣が肩の高さに上がると堅真が青ざめたものの、覚悟を決めたように頭を垂れる。

「我が身を省みずに妹を助けにきて、妹に死に様を見せるとは、どこまでも妹不幸な虚《うつ》け者だ」

蓮花と同じ澄んだ実直な堅真の目に激しい後悔が浮かび上がり、蓮花の胸を締めつける。

「真龍さま、私はどうなってもいいのです。蓮花にはせめて――」

自分から流れる血を見せないで欲しい、と訴える目を真龍が嘲う。

「この期《ご》に及んで、俺に慈悲を請うとは何様だ！」

「真龍さま！」

だが、真龍が振りかざした剣の下に入り込むように蓮花は身体を滑り込ませると、床に膝をつき真龍の腰に両手を回した。

「何だ、蓮花。邪魔をするな。おまえも斬るぞ！」

「はい、斬ってください」

間髪を容れずに答えを返す蓮花に、さすがに真龍が驚いたらしく一瞬表情を失い、堅真はこれ以上白くなれないと思った顔色をいっそう白くした。

「……何を言っている？」

「申し上げたとおりです。私も兄と一緒に斬ってください」

その身体に縋ったまま蓮花は見下ろしてくる鋭い目を見あげる。

「罪は九族の断罪を以て償うのが陽国の習い、兄の罪は私の罪です。どうぞ私も斬ってください」

「蓮花！　おまえは関係ない！」

堅真が遮る叫びを上げるのを聞かずに蓮花はしっかりした声でもう一度真龍に訴えた。

「あの日、真龍さまは兄におっしゃいました。約束を破り城に再び戻れば、私もまた命がないと」

真龍の瞼が思い出したくもない出来事を思い出したようにぴくぴくと痙攣する。

「ですから、兄が約束を破った今、私もまた同罪。どうぞ、ここで兄と一緒に処罰してください」

「蓮花――」

堅真もまたあの日の約束の重さを甦らせたように、振り絞った声に血の色が混じる。

「約束を守りきれなくて――すみません。真龍さま」

真龍の足を伝って床に手をついた蓮花は深く頭を下げた。

こんな形でこの人を裏切りたくはなかった。

孤独で寂しいこの王に、人は信じてもいいのだとわかってもらいたかったのに。

図らずもこんな形で裏切った自分が口で何を言っても、怒りを誘うだけと蓮花はただ真龍の足元に平伏した。

「そんなに兄が大切か、蓮花」

頭上からの冷え切った声に釣られて顔を上げると、声以上に凍えた視線が蓮花を射貫く。

「真龍さま……」

「ここに来たときからおまえは俺のものではなかったのか。あの誓いは偽りか」

真龍の目に激しい怒りが浮かび上がり、青銅の龍が暴れ出すのを予感させる。

「嘘ではありません。心からの気持ちでした」

言葉を重ねても虚しさが降り積もるだけの気がして、蓮花は短い言葉に悔いる思いを込めた。

「ならば何故、今ここで愚かな兄を庇う？　もう俺のものになったのならば、兄でも妹でもないはずだ。おまえはただ王のものだろう」

「真龍さま……」

青銅の龍の目が怒りで血走り、蓮花が嵌めている腕輪の龍の瞳のように赤く光る。

「おまえは、俺のものだ、蓮花。そうだろう。答えろ！」

真龍が剝き出しの剣の腹で蓮花の頬を持ち上げて、上を向かせた。

「はい、そうです。真龍さま」

応える蓮花から目を離さないまま、顎だけで堅真を指し示した。

「では、ここにいる馬鹿な男に、言ってやれ。もうおまえなど兄でも何でもない。二度と自分の前に現れるな、と、唾を吐きかけ踏みにじれ」

踏みにじれ――真龍の言い回しはたとえには聞こえず、蓮花は真龍をただ見返してしまう。

もう二度とここにこないでくれ、とは言える。

あの日、兄と別れたときから、生きて会うことはないと覚悟してきたのだ。

けれど何があろうと兄は兄。感謝も愛も消えることはない。

まして踏みにじるなど――あり得ない。

たとえ自分の身体が真龍の剣の鞘になり果てるとしても、そんなことはできなかった。

「聞こえなかったのか、蓮花」

真龍の真意を知りたくてその目を見つめる蓮花の耳に真龍の声が再び冷たく響く。

「……兄とはもう会いません。それは誓います……ですが兄は兄です……それは一生変わりません」

蓮花は真龍を臆することなく見つめて訴えた。

「真龍さまが兄と私を一度は許してくださったことを忘れてはいません。兄が再びこの城に足を踏み入れたならば命はない、そうお約束したことも嘘ではありません」

微塵も迷いのない蓮花の声に真龍がぎりぎりと歯を噛みしめ、唇が色を失う。

「兄が何故ここに来たのか……兄を騙して手引きをした者がいるのです」

「だから何だ？　騙されたから罪はないとでも言いたいか」

今にも血が滴り落ちそうなほど噛みしめた唇の間から、真龍が声を絞り出す。

「いいえ、何があろうと、約束は約束。破ったことに変わりはありません。私も兄とともに罪を償います。どうぞ斬ってください」

蓮花は兄を庇うようにして真龍の前に両手をつき、その剣に貫かれる覚悟を見せる。

「そこまでして兄を庇うか――」

真龍が抜き身の剣を頭上に振り上げて蓮花を見据えてくる。蓮花はさすがにこれが最後だと息が一瞬止まるが、真龍の目に光る苦痛に違和感を覚える。

罪人を一刀両断にしようという殺気よりも、迷いと苦しみがその鋭く黒い双眸を陰らせていた。

「おまえに兄などいない！　おまえは俺だけのものだ！」

臓腑から絞り出したような声で叫ぶやいなや、振りかざした剣が空を切って振り下ろされ、蓮花の右肩から衣がはらりと落ちる。

「蓮花！」

後ろから蓮花の肩を押さえる堅真の手を真龍が剣先で振り払い、堅真の手の甲から血が噴き出す。

「兄さん！」

破かれた衣でその血を押さえようとした蓮花を真龍が片手で引き剝がし、そのまま堅真の襟首を摑んで引きあげた。

「――おまえなど、おまえなどに――」

言葉を飲み込んだ真龍はそのまま堅真を引きずり、中庭の扉を開けて外へと放り投げる。

どさっと鈍い音を立てて堅真が庭の植え込みに転がると、どこからともなく王の兵士が闇に乗じて現れた。

「捨てておけ！　今夜中に二度と城に来られぬ遠くへ、必ずだぞ」

はっと短く答えた兵士が、呻く堅真を担ぎ上げて瞬く間に姿を消していく。

「……真龍さま」

切られた衣を押さえ、蓮花は背中で怒りと葛藤《かっとう》を顕わにしている真龍を見つめた。

一体真龍は何を思って、再び兄に曲がりなりにも許しを与え、命を長らえさせたのだろうか。

「蓮花」

血の気の失せた顔に、黒い目を異様なほど炯々とさせた真龍が振り返って、蓮花の手首を摑み取った。

「おまえは俺のものだ。一生誰にも渡さん」

細い手首を絡め取り、蓮花の身体を腕の中に乱暴に抱えた真龍は、几帳を蹴倒し奥の寝台に向かう。

「真龍さま、一体何を――」

凄まじい殺気に怯えて抗う蓮花を引きずる真龍は、手にした剣で天蓋からかかる紗を切り落とした。

「おまえは王のものだ。決して誰の手にも渡さん。兄など忘れてしまえ、二度と俺の前で他の男の名を呼ぶことは許さん」

言い放った真龍は蓮花を寝台の上に投げ下ろした。

「真龍さま――」

垣間見せてくれる優しさに徐々に近づいてきた心と身体だが、真龍の尋常ではない様子に本能的な恐怖が勝った。蓮花は寝台の上、近づいてくる王から逃れようとあとずさる。

「逃げるな」

寝台の奥まで追い詰められて、否応なく視線を合わせる。蓮花は真龍の双眸に溢れている怒りはただの怒りではないような気がした。

「――逃げるな、蓮花」

命じる声は掠れ、懇願に近い色が滲んでいて、惑う蓮花の心を揺さぶってくる。

自分は何ということをしたのだろうか――不意に取り返しのつかない後悔が突き上げてきた。

裏切ってしまった。

誓いを破ってしまったのだということをひしひしと感じる。

「真龍さま……」

蓮花は震える唇を開いて、身体の中に渦巻く思いを口にする。

「ごめんなさい……私、本当に……ごめんなさい」

「謝ればいいのか。謝って済むことか」

真龍の唇が引きつるように歪み、次の瞬間、蓮花の身体は寝台に背中から押しつけられる。

「真龍さま、本当に私――」

「悪いと思っているのか、蓮花」

見据えてくる目に渦巻く、狂おしい愛情に似た怒りの色に蓮花は混乱して口を噤む。

一体真龍はどうしたいのだろうか。自分を責めたいのか。それとも愛したいのか。

だが蓮花の衣の裾を捲りあげる真龍の手つきは乱暴で、いつもの優しさはない。

「ん――」

白い足を思い切り割り、加減のない強さで花芯に指を突き入れられ、駆け抜けた鋭い痛みに蓮花は呻く。

だが真龍は僅かに視線を逸らし、苛立ったように蓮花の身体を返して、うつぶせにした。

「――真龍さま……一体」

背後から抱かれたことのない蓮花が戸惑う声を上げると、真龍が感情を抑えた低い声で命じてきた。

「腰を上げるんだ、蓮花」

「……真龍さま……んっ……あ――いや」

怖れと羞恥で緊張する蓮花の細い腰を、真龍の手が乱暴に持ち上げた。

獣が交わるような尻を突き出した格好を取らされ、蓮花は気が遠くなる。

「ん――いや……こんな……真龍さま……許して……」

寝台に額をすりつけた蓮花は羞恥の声を上げたが、真龍は無言のまま蓮花の衣の裾を捲り上げて小さな白い尻を剝き出しにすると、背後から覆い被さってきた。

花芯をまさぐる指に、華奢な肩甲骨を嚙む唇。

「ん――真龍さま……や……あぁ」

痛みと甘さが蓮花の脆い身体の中で交錯する。

蓮花の声など無視した真龍は、そのまま彼女の中心を抉るように雄を突き立ててきた。

十一．愛の償い

「……っ」

苦しさに目を開けると真龍が蓮花の上にのしかかって、首に手を回していた。

蓮花を見下ろす真龍の目は血走り、几帳の隙間から差し込む月明かりで生気を失って青白かった。

「……し……ん」

喉の窪みを親指で深く押さえ込まれて声が出ず、蓮花は唇でその名を形作る。

肺に息が吸い込めなくて意識が遠くなり、蓮花は苦しみから逃れる本能的な動きで、自分の首を絞めている真龍の腕を摑んだ。

「苦しいか、蓮花」

まるで自分が縊《くび》られてでもいるように真龍は苦しげな声を絞り出す。

腕を摑む蓮花の指がもがいても、真龍はじわじわと首に掛けた手指に力を入れた。

「俺も苦しい——何故、おまえは俺を裏切った——」

違う。

もう痺れて動かない唇で蓮花は真龍に訴えるが、真龍の黒い目は洞穴のようにがらんどうで暗い。

「俺を信じさせるんじゃなかったのか？　何故——何故だ……蓮花」

ぐっと蓮花の首にかけた手に力が入った。

「おまえなどいなければ俺はどれほど楽になるのか——愛していなければ——」

そのあとの言葉を聞き取る前に蓮花の意識は闇に沈んだ。

＊　　＊　　＊　　＊

自分がどれほど真龍を傷つけたのか。

ときに我を失う真龍を怖ろしいと思うよりも、蓮花はただすまないと思う気持ちに苛《さいな》まれる。

真龍は蓮花を信じようとしてくれていた。

蓮花の膝に頭を乗せてしばし寛《くつろ》いでいた真龍の顔は嘘ではなかった、菊の褥で蓮花を求めてくれた熱い肌は、確かに真龍の隠さない蓮花への思いだった。

それを全部壊したのは、真龍ではなく自分だ。

彼と交わした誓いを、蓮花は裏切ったのだ。

兄がしたことだけれど、それは言い訳にはならない。誓いを破ったという事実だけが真龍を苦しめているのだ。

――俺の期待を裏切らない人間がいたら、俺もおまえの言葉を信じてもいい。おまえにそれができるというなら、俺を信じさせてみせるといい。

真龍がくれたあの言葉は『愛させて欲しい。信じさせて欲しい』という意味そのものだったのに。

実の母に裏切られ、誰も信じられないままこの城で生きぬいてきた真龍に芽生えた信頼と愛に、蓮花は真正面からひびを入れてしまった。

あのとき蓮花が堅真を突き放せばまた結果は違ったのかもしれないが、今となってはもう遅い。

今更どうやって詫びていいのかわからない。

「蓮花、おまえは俺のものだろう」

毎夜やってくる真龍は、そう言って蓮花を抱くけれど、その目の苦しげな光は蓮花が何を言っても消えてくれない。

「真龍さま、私は真龍さまのものです」

あれから何度言ったことだろう。

「決して決して、もう裏切りません」

その手に口づけをして繰り返し誓った。

真龍は黙って聞いていたけれど、目には蓮花にもわかる、真龍自身にも消すことのできない疑いの色があった。

何かに突き動かされたように蓮花を抉る真龍の身体の動きと、優しさの制御を失う乱暴な手が蓮花への真龍の惑いを如実に表す。

一度裏切った人間など、どうやって信じればいい――真龍の目はそう告げる。

もう二度と蓮花を信じてはくれないだろう。

そう思っただけで蓮花は胸が焼けるように痛んだ。

真龍さまに信じて欲しい。

もう一度膝枕をして、真龍に寛いで欲しい――だって、私は真龍さまがとても……好きなのだから。

いつの間にか、真龍を心から愛していた。強くて、傲慢で、孤独な寂しい王を。

青銅の鎧の中に隠れていたのは、脆くて、傷つきやすい、生まれたての子どもみたいに愛を欲しがる飢えた心だった。

ようやく引っ張り出したのに、再び傷つけてしまった。

なんてことをしてしまったのだろうかと、何度後悔してもしきれない。

再び裏切ったときは死を以て償わせると言ったのに、蓮花はまだ生きている。

真龍がただ苦しめるために自分を側に置いているのだとは思いたくない――思えない。

蓮花は両手で顔を覆って泣くのを堪えた。

自分に泣く権利などない気がする。眠っている蓮花の首を絞めるほど苦しむ真龍の、のたうち回っている心のほうが、痛くてたまらないはずだ。

闇を共にしたあとの月明かりの中、蓮花の首を絞めながら「愛していなければ」と呻いた声を忘れない。

愛していなければ――、と言ったあの言葉が教える苦しみ。

真龍がひび割れた心を抱え、血を流しているのが見える気がする。

蓮花は生まれて初めて、何を失ってもいいから真龍の心をもう一度助けたいと願った。


たとえ真龍と蓮花の間に擦れ違いがあっても、相変わらず後宮で一番寵を受けているのは蓮花なのは変わらない事実だ。

傍目には毎夜真龍が訪れる蓮花は、ただ真龍に無条件で気に入られているとしか見えない。

蓮花のもとには時折袖の下めいた届けものがされるようになり、そのたびに蓮花は真龍を通じて戻してもらっていた。

「皆さん、今や後宮一の蓮花さまに取り入ろうって腹なんですよ……麗姫さまがぱっとしませんから」

「どういうこと？」

あまり噂話は品のよいことではないが、あれほど自信たっぷりだった麗姫を見ているだけに聞き捨てにできない。

「今、麗姫さまの故国は政が上手くいっていなくて、真龍さまが手を引こうかと考えているそうですよ。そうなれば麗姫さまの今の地位だってどうなるかわかったものじゃありません。それに真龍さまが一番気に入っているのは蓮花さまだっていうのはどうしたって変えようのない事実ですから」

小鈴が自分のことのように胸を張る。

「もともと真龍さまは麗姫さまご自身に惹かれていたわけじゃないようですから、国同士の関係が悪くなれば麗姫さまの機嫌を取る必要もないはずです」

「……小鈴ったら」

さすがに窘めると、肩を竦めながらも小鈴は悪びれたふうもない。

「だって結局、今は蓮花さまが一の方なんですからね……。平静を装っていても内心は悔しくてたまらないと思いますけれど」

小鈴はちょっと肩を竦めてから身体を折って、蓮花に顔を近づけてきた。

「まさかとは思いますけれど、麗姫さまから何か届けものがあったら、気をつけたほうがいいですよ……蓮花さまをきっと邪魔に思っているでしょうから」

「まさか……めったなことを言うものじゃないわ」

軽く笑った蓮花に、小鈴が重々しい顔で首を振った。

「後宮では何が起きるかわかりませんから。まあ、麗姫さまは蓮花さまに取り入ろうなんて振りは、意地でもなさらないとは思いますけれど……おやすみなさいませ」

本当に気をつけてくださいね、と、最後まで念押しをして部屋を出て行った小鈴と入れ替わるように扉を叩く音がして、蓮花は自ら迎えに出て驚く。

かつて自分を「猿」と嘲った麗姫の侍女が手に果物籠を持ってにこやかに立っていた。

「麗姫さまからお届けものです」

驚いて返事もできない蓮花の手を取って籠を持たせ、ますますにこやかに愛想を振りまく。

「麗姫さまのお国の珍しい果物です。お父さまからたくさん届いたので、蓮花さまにも召し上がっていただくようにと麗姫さまからのお言付けです」

蓮花は持たせられた竹籠に山盛りになった果物を見つめた。

「どうぞ、召し上がってくださいませ」

喜んで受け取りたい仲ではないけれど、断る理由などどこにもなく、蓮花はぎこちない礼を口にするしかない。

「ありがとうございます……麗姫さまにそうお伝えください」

「はい。是非新鮮な内に召し上がってくださいませね。そのためにこんな夜遅い時間にですがお届けに上がったのですから。麗姫さまが忘れずにそう伝えるようにとのことです」

「……はい、わかりました」

蓮花が頷くと、侍女は満足そうに一礼をして踵を返した。

長い廊下の角を曲がったのを見送った蓮花は扉を閉めて、麗姫から急に贈られてきた竹籠の果物を見つめた。

つい今し方小鈴と噂をしたのが聞こえたように、こんな届けものがあるなんて、偶然にしても少しだけ気味が悪い。

つやつやした果物に申し訳ないと思いながらも、蓮花はそんな気持ちを抑えるのが難しかった。

＊　　＊　　＊　　＊

蓮花はやはり兄と逃げようとした——。

寝ても覚めても真龍の胸の中に渦巻くのは裏切られたというその怒りだけだった。

あれほど誓ったのに。やはり裏切った。

いくら口で誓わせたところで、虚しいとわかっていたはずなのにどうして蓮花なら守ってくれるのではないかと期待したのか。

一度は拒絶した茶碗を抱きしめて「ずっと大切に使います……絶対に割りません」と零した涙は何だったのか。

重陽の節句の夜、真龍が贈った衣と簪で着飾り、ずっと自分を待っていたのだと言って走り寄ってきた姿は何だったのだろう。

「蓮花……」

人に期待することは悪いことでない、信じなければ信じてもらえない、さもなければ本当の愛はわからない——。

そう言ったのはおまえだぞ、蓮花。

あれは全部嘘だったのか？

母のように俺から貪り尽くすための嘘だったのか？

夜の帳《とばり》が下りた窓の外に答えを探して見つめても、鏡になった窓に正気を失いかけた自分の顔が映るだけだ。

蓮花、蓮花。

名前のとおりに蓮の花のように穢《けが》れのない可憐さ。けれど、自らを嘆くばかりの弱々しい娘ではない。無垢な愛情の深さと芯の強さが相まって真龍の心を揺さぶってきた。なのにどうして。

裏切るとは思えなかったのに――。

こんなに辛いのに何故許してしまったのか。あのとき、兄もろとも二つに斬ってしまえば、自分はこれほど苦しまなくてよかったはずだ。

今までの自分ならばためらわずに剣を振り下ろしただろう。けれどどうしてもできなかった。

憎いのに、愛しいからだ。

蓮花を誰の手にも渡したくない。

自分の気持ちさえ操れずに惑乱する真龍は壁を叩いて、呻く。

「蓮花……何故……」

——兄が何故ここに来たのか……兄を騙して手引きをした者がいるのです。

不意に蓮花の言葉を思い出して真龍は顔を上げる。

——真龍さま、私は真龍さまのものです。

媚びも阿りもない真摯な響きは、母や後宮の女たちとは違う。出会ったときから少しも変わらず、むしろ深くなる愛情だけが変わっている。

あれから思い乱れて、閨でその首に手をかける真龍を哀しい瞳で見つめ、誓いを繰り返す蓮花が、自分を裏切っているとは思えない。

心のどこかでわかっているのに……どうしてわからない振りをする。王としてのくだらない誇りなのか。

意地など捨ててしまえ。

今冷静にならなければ、この先蓮花を一生失うことになってしまうかもしれない。

真龍は震える手を見つめて、唇を噛んで自分を取り戻そうとした。

「誰だ」

声に出して言ってみる。

「蓮花を陥れたのは誰だ？」

真龍の激しい気性を知り、堅真がここに妹を助けにくれば真龍が見境を失うとわかっていた人間。そして何より、それができる人間だ。

——陽国の人間ではありませんでした。

堅真は、手引きした男がいるとそう言っていた。

それが真実ならば、首謀者は蓮花のことを知っていて、あらかじめ堅真に狙いをつけて誘い入れたはずだ。

国外の人間を使い、守りの堅い後宮にも簡単に人を出入りさせることのできる者……。

「……麗姫」

その名が腹から出てきたとき、真龍は間違いないと感じた。

後宮に人を手引きできるほど、外部と繋がっている女は麗姫しかいない。他の女たちには家族との手紙のやりとりさえ禁じているが、麗姫だけは同盟国の姫だからと特別に許していた。

やれ故国から衣をもらったの、果物をもらったのと、真龍に振る舞うこともある。

ならば、最初に蓮花が見知らぬ男に襲われたのも麗姫の仕業ではないか。

麗姫ならできるだろう。それだけの権限を真龍自身が麗姫に与えていたのだから。

何故気づかなかった。

ばらばらになっていた点が繋がって目の前に表れた真実に、真龍は言葉を失う。

最初に蓮花が襲われたとき、もっと詳細に調べていればおそらく麗姫に行きついただろう。

そうすれば堅真にこの後宮に忍び込むなどという愚を犯させずに済んだ。

人は目の前に差し出された好機が危険だとわかっていても、目的を達するためには命さえ賭けることがある。堅真がどれほど妹を思っていたかを、真龍も知っていた。それを目の当たりにしていたからこそ、あの晩、怒りを抑えきれなかった。

あの堅真を焚きつけることは麗姫にとって容易だったに違いない。

──俺は……何と愚かだ。

王だなどと威張り倒して、真実を見逃していたのか。無垢な蓮花は疑うことを知らない。だからこそ、自分が守らなければならなかったのに──。後宮ではよくあることだと油断し、探ることをしなかった。

それが蓮花を危険に陥れた。

大きな瞳を哀しい涙で潤ませながらも、決して言い訳をしない蓮花の顔が浮かんでくる。

「蓮花……」

──真龍さま……真龍さま……ごめんなさい。

おまえなどいなければ、とぶつけた言葉に返してきた蓮花の細い声に、自分が飲み込まれそうな後悔が真龍の胸に渦巻く。

同時に、今もまだ蓮花が危険に晒されていることに気づいて身体の血が凍った。

もし麗姫がこの企みの全ての糸を引いているなら、未だ無事後宮にいる蓮花をそのままにしておくわけがない。次は何だ？

わからなければ聞けばいい。

自分の考えに間違いないと確信を持った真龍はその足で麗姫の部屋に向かった。

「まあ、真龍さま、来てくださって嬉しいですわ」

相変わらず美しく着飾った麗姫が深夜にもかかわらず、華やかな笑みで真龍を迎える。控えていたたくさんの侍女たちを片手の動きだけで全員下がらせると、麗姫は真龍の腕に手をかけて上目遣いになった。

「そろそろこちらにいらしてくださる頃だと思っていました。いつまでも子ども相手では真龍さまも飽きてしまうでしょうから」

思わせぶりな目をして、麗姫が真龍の袖を引くのを真龍は冷たい目で見下ろした。

「麗姫、おまえだな」

「何がですか？　真龍さま。怖い顔をなさって」

涼しげな一重瞼の整った目がわざとらしく見張られる。

「蓮花のところへ賊を送り込んだのも、堅真を誑《たぶら》かして蓮花を迎えにこさせたのもおまえの仕業だろう」

麗姫の素知らぬ顔を、真龍は視線で射殺す勢いで見据える。

「おまえ以外、後宮に人を呼び込める女はいない」

「まあ……そんな」

真龍の視線を避け、麗姫は袂で口を隠して思いもかけないといったように小さく笑う。

「何をおっしゃっているのか、全くわかりませんわ。蓮花さんなんて……あら、失礼、蓮花さんとは一度会っただけですのよ。そのわたくしがどうして蓮花さんを恨んだり嫌ったりするのでしょう」

「……俺が、蓮花を気に入っているからだ。おまえよりずっと」

そう言い切った真龍に蓮花の顔から表情が消える。

「そうだな。麗姫。おまえだな」

それでも麗姫は口元を袖で覆ったまま、首を横に振った。

「いいえ、わたくしは蓮花さんなど気にしていません。あんな……子どもなんて相手にしていませんもの」

見せつけるように頭を持ち上げた麗姫は真龍を見返す。

「第一、堅真のような料理人のはしくれをわたくしがいちいち覚えているとでも？」

「堅真が料理人だというのはちゃんと覚えているようだな、麗姫」

冷え切った声で言った真龍が一歩詰め寄るとその分だけ麗姫があとずさった。

「……真龍さま……わたくしは、何も……」

「そうか？　知らないか？　では思い出させてやろう」

間合いをいっそう詰めた真龍は麗姫の首に手をかけた。

「真龍さま！　何をなさるのですか！」

「言え、蓮花に何をした？　いや、何をする？」

麗姫の細い首に回した手に真龍は力を入れる。

紅を引いた赤い唇が恐怖に震え始めた。

同じように真龍に首を絞められても蓮花とは全く違う、目の色。

片方は真龍に与えた痛みを詫び、片方は保身と恐怖にまみれている。

「麗姫、言え」

俺の命もおまえにやる、蓮花。

今度こそ助けなくてはならない。

その思いだけで、真龍は麗姫を追い詰めていく。

「真龍さま！　やめてください！　どうか……」

真龍の手に自分の爪を立てて抗う麗姫に、真龍はいっそう蓮花を思う。

そうだ、壊れている自分を救ってくれるのはあの蓮花だけだ。

だから今度は自分が蓮花を救う。

「言え！　麗姫！　本当に殺《や》るぞ！」

ぐっと指に力を入れた真龍の容赦のなさと、目の色に麗姫が腹から声を振り絞った。

「もう、間に合わないわ！　とっくに食べているわ！　ずいぶん前に毒入りの果物を届けさせたもの。きっと今ごろ冷たくなっているわよ」

真龍がかっと目を見開いて手の力を止めると、麗姫が身体を引きちぎるように拘束から抜け出た。

「あなたがいけないのですわ、真龍さま！　あんな娘にうつつを抜かすから！　何もかもあなたのせい……！」

真龍はそれに答えることなく踵《きびす》を返し、麗姫の部屋を飛び出した。

「蓮花！　間に合ってくれ！」

全てのものから奪って、自分のものにした蓮花。そうまでして欲しいと思ったたった一人の女をこの手で助けなければ、何のために自分は非情な青銅の龍と言われてまで権力を手にしたのか。

一番欲しかったものが手中にあるというのに、自ら零してしまおうとしている。

いろいろな思いに突き動かされるように、真龍は凄まじい勢いで蓮花のもとへと走り出した。

＊　＊　＊　＊

蓮花はまだ眠ることもせず、窓から差し込む冴《さ》え冴えとした月明かりに輝く黄金色《こがね》の果実の籠を手に、次々と頭に浮かぶ出来事をつなぎ合わせて、思い悩んでいた。

一体この果物はどういう理由で麗姫から届けられたのか。

本当にただの好意なのだろうか。他の女性たちのように少しばかりの歩み寄りを含んだ、贈り物にすぎないのだろうか。

最初に会ったときの、麗姫の自信と矜持《きょうじ》に満ちた態度を思い出さずにはいられない。

たとえ追い詰められていたとしても、あの麗姫が、生まれも育ちも容姿も劣っているとしか思っていない蓮花にすり寄ってくるだろうか。

それよりも蓮花を後宮から追い出したいと思うのではないか……。

たとえば、最初に忍び込んだ男のような者を差し向けて脅すとか。

そこに思い至ったとき、蓮花は兄をここに招き入れることにできる人物が麗姫であることに気がつく。

後宮ではただ一人、外との手紙のやりとりが許されていて、真龍の帰国の日も知っていた。

もっと遡《さかのぼ》れば兄が用意した茶と菓子に毒が入っていたと疑われたのも、麗姫つきの侍女が亡くなったからだ。

蓮花の部屋に忍び込んできた脅迫者。手引きができたのは内部の人間だとあのとき真龍も確かに言っていた。

疑うはっきりした理由も探せないけれど、何かにつけて麗姫の影が見え隠れする。

――まさかとは思いますけれど、麗姫さまから何か届けものがあったら、気をつけたほうがいいですよ……蓮花さまをきっと邪魔に思っているでしょうから。

小鈴はそう言ったが、あのときはまさかと思った。

だが月光に煌めく黄金色の果物を見つめれば何かがそこに潜んでいる気がする。

――俺はおまえを選んだ。おまえがここの一の女だ。

――後宮の女に気をつけろ。俺がいないとき自分の背中は自分で守るつもりでいろ、いいな。

まさか――。

でも――。

胸の中に湧き起こる疑念を打ち消そうとしても、あとからあとから湧いてきて、蓮花の身体を暗い感情で満たす。

いつから自分はこんなに浅ましいことを考える人間になってしまったのだろう。

怖ろしくてたまらない。けれど、それでもやはり、芽吹いた疑惑の芽は枯れようとしない。

蓮花はおそるおそる果実に触れてみたが、艶やかな果実はいかにも美味しそうに見えるだけだ。

「毒が入ってるなんてことあるの……？」

とうとう疑念を口に出してみた。

あの誇り高い麗姫が、蓮花のような小娘に後宮一の寵姫の座をむざむざ奪われておとなしく引っ込むだろうか。何があっても自分の地位だけは揺るがないと信じていたものが崩れていくのを何としても止めようとするのではないだろうか。

蓮花は答えを探してじっと果物を見つめた。

引き出した答えは何故か間違っていないような気がする。仕掛けてきた手がことごとく失敗に終わった麗姫は単純で一番確実な方法を採ったのではないだろうか。

この果物を口にした蓮花が命を落とせば、麗姫は再び後宮一の姫になるのか。そんな単純なものなのかはわからないが、とにかく目の前の厭わしい蓮花を消したい。

後宮の女の争いごとまでは真龍も手は出せないのかもしれない、だからこそ「自分の背中は自分で守れ」と言ったに違いない。

裸でさまようほど痛めつけられても後宮は誰も守ってくれない場所なのだ。

ならば、自分は自分を守ろうと、一旦は果物を脇に寄せてもみたが、ふと思い直し蓮花はそっと果物を手に取った。

もしかしたら、これは真龍の苦しみを救うために与えられた恵みなのかもしれない。

『おまえなどいなければ俺はどれほど楽になるのか――愛していなければ――』

そうだ。真龍はいつだって得られない愛と信頼に苦しんできた。

『側にいるから愛して欲しいと願う。あんな女でも、いつかは愛してくれるのではないかと馬鹿な期待を抱く。愛も信頼もくれずに奪うだけの相手なら、居なくなったほうが心がうんと安らかだ』

傷だらけでのたうち回る真龍の心を、裏切りで傷つけてしまった自分が取る道は一つ。再び裏切ったときは、命を以て償うと誓ったのだ――せめてその約束だけは守ってみせよう。

真龍に信じてもらいたいと思ったのは自分だ。ならば、その証拠を見せなくては。

母に裏切られた真龍を、自分まで裏切ってはならない。真龍をこれ以上傷つけては駄目。

もう自分には真龍しかいない。兄もいない。機織りの仕事もしない。この後宮で真龍のためだけに生きるつもりだった。

そう思えば思うほど、蓮花に死を下せずに苦しむ真龍を救う方法は一つだけのような気がしてくる。

だから真龍のためにこの命を使い切ってしまおう。

自分が居なくなれば真龍の心はきっと凪ぐ。そしてたった一人だけでも、真龍を裏切らない女がいたと、わかってくれるだろう。

「真龍さま……最後の一つの約束だけは守ります」

呟いた蓮花は手に取った果実に歯を立てる。

かりりと果肉を囓り取った蓮花は、逆ってきた甘い果汁と一緒に、こくりと飲み下した。

一口、二口……甘く爽やかな味わいは美味しいだけで、危険な感じは微塵もない。

やはり自分の思い過ごしだった。麗姫はそんな人ではなかった——と僅かに安堵しかけたとき急速なえずきに蓮花は喉を押さえる。

持っていた果実が床に転がったが、蓮花は吐き気を堪えるのが精一杯で追いかけることもできず、身体を二つに折って、呻いた。

胸を裂くような痛みと悪心に蓮花は椅子を滑り落ち、床に崩れる。

だが肉体的な苦しみよりも、やはり自分は毒を飲んだ、これで償えるのだという気持ちが勝っていた。耳が鳴り、全ての外の音が掻き消される中、蓮花は床に這いつくばって呻いたけれど、心は何故か凪ぎ、助けを呼びたいとも思わない。

目の前が暗くなり何も見えず、聞こえなくなった蓮花は、扉を開けた真龍が不穏な気配に飛び込んで来たのさえわからなかった。

「蓮花！」

逞しい腕に抱え起こされたときも蓮花は苦しさに呻き続けたが、それでも震える手で真龍を押し返そうとした。

「……このままに……してください」

「何を言っているんだ！　気がつかなかったのか！　あれほど気をつけろと言っただろう！」

蓮花の唇から漏れる息をかいだ真龍が噛みつくように叫ぶ。

「いいんです――私……わかってましたから」

弱々しい力で蓮花は真龍を押し戻す。

「――私は……真龍さまとの誓いを破りました……そのときは命で償うとお約束しました」

消えそうな力を振り絞って蓮花は真龍の視線を捕らえる。

「最後の約束ぐらい、守らせてください――どうぞ、これで私を許して……真龍さま」

「馬鹿な――許されたいなら、生きて償え！」

蓮花の手をしっかりと掴んだ真龍が短く言うと、素早く蓮花を膝の上に抱え上げ、口の中に指を入れる。

「吐け」

無理矢理に喉の奥に入れられた指に胃が激しく痙攣し、飲み込んだばかりの果実が押し出された。

「もっとだ」

床の上に座り込んで蓮花を抱え込んだまま、真龍は卓の上からひったくった水差しの水を蓮花に与える。

だが、喘ぐ蓮花の口からは喉を伝ってだらだらと水がこぼれ落ちた。

「飲み込めないか」

蓮花の顎を上向かせ、手際よく唇を開かせると真龍は水差しの水を自分の口に含む。濡れた真龍の唇が蓮花の唇に重なり、細い水の糸が蓮花の喉に流れ落ちてくる。

「蓮花！　蓮花！　飲むんだ！」

必死の形相でひたすら介抱をしてくれる真龍の顔がだんだんぼやける。

「蓮花、しっかりするんだ、俺を置いていくな」

どうしてそんな顔をしているの？

私が居ないほうが楽なのでないのかしら……。

何故……真龍さま……。

「真龍さま……ごめんなさい……」

身体中の力をかき集めて告げる蓮花を、真龍が折れるように抱きしめて叫んだ。

「蓮花！　行くな！　俺の側にいるんだ！　おまえを——愛しているんだ！」

最後の言葉は蓮花の消えていく意識の中でばらばらの小さな音になり、散らばり落ちていった。

終章

　どこまでも闇の中に沈んでいく夢を見ていた。

「……花……蓮花……」

　ずっと遠くから自分を呼ぶ声に蓮花は塗り込められたような闇の中で、声の在処《ありか》を探した。真龍の声に違いない。

「こっちだ……蓮花。こい」

　一筋の細い光に誘われて蓮花は闇を抜け出した。

「蓮花！」

　ふわっと瞼を開けると、驚くほど頬が痩けた真龍の顔が視界に飛び込んできた。

「……真龍さま……？」

　何が起きたのか急にはわからなくて、真龍の名を呟いた蓮花の頬に、光の弱まった目をした真龍が手を当ててきた。

「……真龍さま」

掠れた声でもう一度名前を呼ぶと真龍が熱を確かめるように蓮花の唇に触れ、生気の薄かった顔に安堵を溢れさせた。

「戻ってきたな」

その言葉に蓮花は、自分がしたことを思い出し、同時に消えかける意識の中で聞いた声が甦った。

『行くな！　俺の側にいるんだ！　おまえを——愛しているんだ！』

あの言葉は真実だったのだろうか。

蓮花はじっと真龍を見つめた。

「どうした、蓮花？」

これまでとは違う、少しだけ疲れた、けれど何も構えない静かな声は蓮花の思いを汲み取ろうとしてくれているように聞こえる。

「……私は、戻ってきて……良かったのですか？」

蓮花の真摯な問いかけに、真龍が頬を引きつらせて顔を歪め、蓮花の頬に手を当ててきた。大きな手のひらは何故か乾いて、強張っている。

「真龍さま……、具合が悪いのですか？」

いつもと違う手の感触に尋ねた蓮花に、真龍が無理矢理な笑いを口元に作った。

「……三日も眠っていて戻ってきたと思ったら、相変わらずくだらないことしか言わないな、蓮花」

真龍が両手で蓮花の頬を包み込んだ。

「戻ってきていいんだ。戻ってこなければ、俺がそっちへ行ったぞ」

言われた言葉に目を見張った蓮花に、真龍の唇が挑むように歪む。

「おまえをあの世とやらで他の男に渡してたまるものか」

「真龍さま……」

「俺の側にいろ。蓮花。おまえは俺の妻になるんだ」

黒い双眸が蓮花を見つめ、短く迷いなく命じてきた。

「真龍さま、私を……許してくださるのですか」

妻になれ、そう言われたことよりも、あまりに真っ直ぐに自分を見つめてくる目に驚く。人の気持ちを探る色も、疑う色もなく、ただ純粋に蓮花を求めてくる衒《てら》いのない欲望。

身体の芯に生気を甦らせる強い眼差しに、蓮花はその目を見あげたまま手を差し伸べる。

「私を……信じてくださるのですか」

「信じている」

病んで少し細くなった蓮花の手をしっかりと握って、その甲に真龍が唇を当てる。

「おまえを信じている、蓮花。だから俺のそばにいろ」

少し掠れた声は蓮花の胸にしみて、心に深く響く。

この後宮に来て何もかも失ったと思っていたけれど、それは違った。

自分は青銅の龍の信頼という、とても大きなものを手に入れた。蓮花は握られた手に自分から指を絡め、その温かさを確かめて、告げる。

「私は……真龍さまを愛しています」

真龍の黒い双眸がすうっと見張られたあと、僅かに細められた。

「俺もだ。おまえを愛している、蓮花。だから俺の妻になれ」

握った手に指を絡め直し、屈み込んだ真龍が蓮花の唇に唇を重ねてきた。


小鈴が何度も部屋を行ったり来たりするたびに、衣装が増えるのに蓮花はとうとう口に出してしまう。

「小鈴、一体どういうことなの？　どんどんものが増えるのだけれど」

「当たり前です。もうすぐお妃さまになるのですから、いくらあっても足りません——文句があるのでしたら真龍さまに直接におっしゃってくださいね。私は忙しいので蓮花さまのくだらないおしゃべりにつきあっていられません」

明るくぴしゃりと蓮花の口を封じた小鈴は、蓮花にかまっていられないとばかりに手早く衣装を箪笥にしまうと、また出て行った。

あっという間に山積みになった衣装や装飾品に蓮花はため息をついたものの、真龍に言っても無駄なのは何度も試みてよくわかっている。

「贅沢品は要りません」

小さな拳を握り勇気を奮い起こして抗議した蓮花を、真龍は鼻先であしらった。

「俺の横に座る妃に貧相な格好をさせられるわけがないだろう。俺が馬鹿にされる。陽国は妃の身繕いもできないほど困っているのかと、痛くもない腹を探られる。妃が着飾ることは国の威信の問題だ。おまえにごちゃごちゃ言われる筋合いはない」

全く聞く耳を持たない真龍は蓮花が髪に挿していた花を抜いて、側にあった水差しに投げ入れると、懐から取り出した鼈甲《べっこう》の簪を挿した。

「真龍さま！　もう頭が痛くなるほどたくさんあります」

「そうか。では今度は耳飾りにしよう。そろそろつけられるだろう」

飾り穴を開けたばかりの耳朶に触れて、真龍は待ち遠しそうな顔をした。

何をどうやっても、今は真龍を止めることは難しい。

真龍が初めて知った愛は、形にしなければ溢れて彼自身を溺れさせてしまうに違いない。

今はその形も心も全部受け止めたい。

とにかく無事に婚姻の儀式が済めば、落ち着くだろう。

蓮花はこれからのことを思うとさすがに不安に押しつぶされそうになる。

こんな自分が、果たして真龍の正式な妻として勤めを果たせるのだろうか。

陽国の妃としてやっていけるのだろうか。

けれどもう動き出してしまった歯車は止められない。これからは真龍が望むように生きるつもりだ。

それが真龍の決めたことならもう、それでいい。

何を失ってもこの人の心を救いたいという願いが叶ったと蓮花は感じている。

蓮花が妻になればこの後宮は存在しなくなると小鈴が言っていた。

――麗姫さまも、いらっしゃらないですしね。

密やかに囁いた小鈴に蓮花は、罪を命で償った麗姫を思う。

最初に麗姫の侍女が死んだことから始まり、やはり一連の出来事は麗姫が裏で糸を引いていて、真龍は麗姫を処罰するしかなかった。

自分の侍女が王の毒味役で命を落としたとなれば、いっそう恩が売れる――というのが麗姫の考えだったらしい。そのあとはただひたすら、真龍の気を惹いていた蓮花が目障りで、後宮の自分の地位を失いたくない一心だったのだろう。後宮という世界でもみくちゃにされてしまった麗姫をとても哀しい人だとは思うけれど、今となってはもう終わったことでどうすることもできない。

その魂が安らかであることを祈るのが蓮花にできる精一杯だ。

一度都を追放された堅真は、戻ってきてまた料理人として働いていると、世間話のように小鈴が教えてくれた。

小鈴が蓮花の兄の行方など知るはずもないから、おそらく真龍が蓮花に聞かせろと耳打ちをしてくれたのかもしれない。

それが真龍の精一杯の詫びであり、譲歩だ。

もしかしたら堅真と手紙のやりとりくらいはできるようになるかもしれないし、いつかは会えるようにあるかもしれない。でも——。

この先、蓮花は真龍のためだけに生きていく。

青銅の龍はきっとこれからも、情けのないことや、非道に見えることもするだろう。

けれど蓮花はその傷ついた心の全てを包み込んで、真龍のために咲く花でいたい。


今夜も蓮花は、疲れた真龍の身体に腕を回し、柔らかく微笑む。

「蓮花……蓮花」

絹を敷き詰めた寝台の上で、真龍は蓮花の身体を思うままに拓《ひら》く。

乳房を手のひらで覆い、撫であげ、その柔らかさと温かさを愛でる。

白い月のような乳房が真龍の手の中で形を変えるたびに、蓮花の身体は真龍のものになっていく。

「ん……ぁ……真龍さま」

乳房から伝わる真龍の熱で蓮花の身体に緩やかな痺れが広がり、細い黒髪が白い絹の上でさらさらと鳴る。

「おまえの髪は、夜の空にかかる星の川だ」

髪の先に口づけた真龍が囁いて、指でさらさらと長い髪をすくいあげる。

「七夕の日、俺の前におまえは現れたな」

「……真龍さま……ん」

真龍の指がからかう髪の先までくすぐったく、蓮花は声がうわずった。

「あの日、赤く爪を染めたおまえは星の川から落ちた俺の織姫だった」

髪から指を抜き取った真龍が蓮花の手を取って、指先を口に含んで舐る。

柔らかい指の間から爪の先まで含まれ、舌先が薄い爪の下の柔らかい肉をくすぐった。

「ん……ぁぁ……」

小さな火を飲まされたように、腹の内側から熱が高くなり、肌がぬめる。

柔らかかった乳房が硬く凝り、先端の小さな蕾が触れられるのを待って疼いた。

真龍の唇が乳首に触れそうになっただけで、甘い声が零れ、腰が痺れる。

「あ――」

温かく濡れた唇が乳首をはんだとき、蓮花は思った以上の刺激を感じて高く声を上げてしまう。

何故こんなにこの人の、指や唇で自分の身体が変わっていくのだろう。

心が近づいた分、身体も深くむつみ合えるのだろうか。

舌先で乳首を転がされ、腹の中の火が蓮花の身体を焼く大火に変わる。

「真龍さま……ぁ……ふぁ……あ、や……」

燃えつきてしまったら、真龍のそばにいられなくなる。

蕩けそうな頭で首を横に振りながら真龍の肩に縋る蓮花に、真龍が口づけてくる。

「いやと言われて俺が聞くと思うか、蓮花」

耳を噛まれ、舌がぬるりと耳の中を舐めた。

その舌がうなじを辿り、脈打つ肌を仕留めるように軽く噛む。

「俺に逆らうなど許さない、蓮花。俺の言うままに啼けばいい」

言葉よりは遙かに優しい指が、平らな腹を撫でて、臍《へそ》の窪みをからかい、やがて奥の花園を探り始める。

指先が花弁の間を辿り、もうたっぷりと蜜を溜めている奥までゆるゆるとなぞった。

蜜口はひくつき、真龍の指を求めて恥じらいもなく水音を立てる。

「あぁ……ふぁ……」

何度も教えられた快楽の芽は硬く膨れ、花びらの間から顔を覗かせた。

「真龍さま……ん」

指の腹が軽く触れただけで瞼の裏が真っ赤になる熱い快さに、蓮花は自分に覆い被さる真龍の肩にしがみつく。

真龍の素肌を引き寄せ、隙間なく身を寄せる。

自分だけが鎧を脱いだ青銅の龍を知っている、と蓮花はうっとりとその喉に頬を押し当てた。

「教え甲斐があるとは思ったが、覚えが早すぎるぞ、蓮花」

再びからかうように耳朶を噛まれ、耳の中を舌先がたっぷりと這いまわる。

ねとっとした温かい舌先が、普段何も触れない場所をぬるく刺激する。その甘く淫らな動きが花筒にこれから与えられる快楽を予感させ、蓮花は真龍を迎えるために自ら身体を拓く姿勢を取った。

「そうだ。それでいい」

蜜に濡れた花芯を褒めるように撫でた指が、花びらを捲り、硬く凝った花芽を摘んだ。

「ん……ぁ……ぁ」

身体の奥から熱が弾けて溢れ、蓮花は自分を愛撫する真龍の身体に縋る。

「蓮花、俺のものだ」

硬く尖った乳首を噛んだ唇が蓮花に答えを求める。

「ん――ぁ」

「蓮花、言え」

花筒の入り口の襞をぐいっと開いた指が、熱の通り道を探して蓮花の中に入ってきた。

「そうです……真龍さま。私は真龍さまのもの――」

与えられる甘く激しい熱に喘ぐ蓮花の身体に、答えに満足した真龍の熱が指の代わりに入り込んできた。

蓮花の花筒が自らうごめいて、真龍の屹立《きつりつ》を身体の中に招き入れる。

「蓮花――俺がおまえの王だ」

激しく自分を征服する真龍に白い身体を揺さぶられ、熱い飛沫を花園の奥深く受けながら、蓮花は自分がとうとう青銅の龍の中に入り込んだのを感じていた。

了

あとがき

はじめまして。鳴海澪《なるみみお》と申します。

この度ご縁がありまして、創刊一周年を迎えたソーニャ文庫さまに書かせいただくことになり、とても嬉しくまた、それ以上に緊張しています。

どこで聞いたのかは忘れたのですが、鳳仙花を「爪紅《つまくれない》」と呼んで爪を染めるというエピソードがとても可愛らしくて心に残っており、いつか使えたらいいなと思っていたのがこのお話の始発点です。

いろいろと考えていく途中で、中国の一部の地方では、七夕に鳳仙花で爪を染めるという慣わしがあったのを知りました。そこで七夕の節句と、これも中国でかつて重要な儀式として行われていたという重陽の節句（日本でも五節句の一つにあげられていますが）と合わせたのが、今回の骨子となりました。

また中国において七夕は指先の器用さを祈る織女のためのお祭りでもあった、ということで、これは担当さまのアイディアでもあるのですが、蓮花は機織りの仕事をしているという設定になっています。ちなみに「七夕宵祭り」というのは、お話のための造語です。

ヨーロッパの王侯貴族さえも凌ぐのではないかと言われる、中華の豪華絢爛な衣装や装身具などは資料を見るだけでもうっとりするほど美しく、大変ではありましたが楽しく書かせていただきました。蓮花が着ている『襦裙』という、襟付きの上着とスカート状の中華の民族衣装は、見た目同様呼び名も素敵なので、そのままの表記にしました。

何度も同じことを聞き返し、直し間違う私をプロットの段階から懇切丁寧にご指導くださいました担当さま、どうもありがとうございました。ロジカルな思考で物語を見てくださる担当さまがいなければ、完成はなかったと思うくらいお世話になりました。また、今回の刊行に携わってくださった全ての方々にも、この場をお借りしてお礼を申し上げます。

孤独な傷ついた王とその心を癒やそうとするひたむきな娘を艶やかに、そしてしっとりと描いてくださった上原た壱先生、お忙しい中を本当にありがとうございました。ラフの段階から真龍と蓮花に一目惚れし、二人の様々な表情と姿にとても幸せな気持ちを味わわせていただきました。

そして末筆にはなりましたが、何よりも、この本を手にしてくださった皆様には心からの感謝を申し上げます。少しでも楽しんでいただけることを願いつつ、ご挨拶とさせていただきます。

お付き合いくださり、どうもありがとうございました。

鳴海澪　拝

Sonya
ソーニャ文庫

この本を読んでのご意見・ご感想をお待ちしております。
◆ あて先 ◆
〒101-0051
東京都千代田区神田神保町2-4-7 久月神田ビル7階
㈱イースト・プレス　ソーニャ文庫編集部
鳴海澪先生／上原た壱先生

龍王《りゅうおう》の寵花《ちょうか》

2014年3月4日　第1刷発行

著　者　鳴海澪《なるみみお》
イラスト　上原《うえはら》た壱《いち》
装　丁　imagejack.inc
DTP　松井和彌
編　集　馴田佳央
営　業　雨宮吉雄、明田陽子
発行人　堅田浩二
発行所　株式会社イースト・プレス
〒101-0051
東京都千代田区神田神保町2-4-7 久月神田ビル8階
TEL 03-5213-4700　　FAX 03-5213-4701
印刷所　中央精版印刷株式会社

ISBN 978-4-7816-9526-6

Sonya ソーニャ文庫の本

『**執愛の鎖**』 立花実咲

イラスト KRN

Sonya ソーニャ文庫の本

おまえの大切なものは、全て壊した。

耳を塞ぎたくなるような水音、激しい息づかい、時折漏れる甘い声…。国を滅ぼされ、たったひとり生き残った姫・美濃は絶対的な力を持つ神子・多摩に囚われ純潔を奪われる。人の感情も愛し方もわからず、美濃にただ欲望を刻みつけることしかできない多摩だったが……。

『**白の呪縛**』 桜井さくや

イラスト KRN

Sonya ソーニャ文庫の本

『妄執の恋』　水月青

イラスト 芒其之一

Sonya ソーニャ文庫の本

『逃げそこね』　春日部こみと

イラスト　すらだまみ